刘一达

人五人六

北京出版集团公司
北京十月文艺出版社

目 录

老槐
自我记事起，就知道胡同里扫街的常顺大伯那时的他腰
已然塌了，瘦成了一把骨头，眼睛也睁不大开，牙也没
剩几颗。
老槐
戊戌年中秋月海方画

老 槐

几名手拿电锯的工人，出现在胡同口儿的时候，“弹了弦子”的福大爷晃动着身子，迎了上去。

“当真要伐那棵老槐？”他一把攥住走在前头那人的手，沙哑的嗓子打着颤音儿。

“这一片儿胡同都得拆。”

“我知道。这棵槐树呢？”

“槐树？当然也要伐，那还有什么说的？”那名工人并没理会老爷子的冲动。

“伐！你们……你们能不能缓缓，再等两天？”

“不行。头儿发话了，今儿必须得伐！”

“这，真等不及了吗？”福老爷子可怜巴巴地看着被宣判“死刑”的槐树，叹了口气。

“老爷子，我们完不成任务，得扣奖金。”工人不动声色地脱了衣服，说话就要动手。

福大爷近乎绝望地望着老槐树，又叹了一口气，眼圈儿红了，溢出几滴混浊的老泪。

突然，他撕心裂肺地喊了一声，失魂落魄般扑向那棵老槐，伸出鹤骨鸡肤似的手臂，抱住了树身，号啕大哭起来。

工人们惊呆了：老爷子这是怎么啦？

只有知根知底的人，才能理解老爷子对这棵老槐的情怀。老槐就是常顺大伯呀！

每到农历二月初七的夜里，福大爷总要拎着一瓶“二锅头”，独自对着老槐聊会儿天。

“来吧，顺哥，咱哥俩儿干一杯。”然后他把酒泼在槐树上……

农历二月初七，是常顺大伯的祭日。

从我记事起，就知道胡同里扫街的常顺大伯。那时他的腰已然塌了，瘦成了一把骨头，眼睛好像总也睁不开，牙也没剩几颗。

他的身影像是印在了路面上，甭管刮风下雨，他总是挥动着那把长把儿笤帚，不停地扫呀扫呀，那种神情像是用剃刀在刮脸蛋。这条胡同一直挂着卫生先进的牌子，有心的人都晓得这是常顺大伯扫出来的。

每到月末，常顺大伯猫着腰，挨门挨户敛卫生费。他的那张皱得像干枣一样的脸，裂开几道核桃纹儿，向人们奉献殷勤的微笑。

收下钱，他的嘴里总要磨叨几句：“给您添麻烦了，您多担待。”好像这钱，他本来不该要似的。

敛得了钱，他回到那间低矮阴暗潮湿的小屋，把我叫过去："大侄子，费心跑趟腿儿，打瓶'二锅头'，顺便把你福大爷叫来。"

他没儿没女，好像这辈子从没结过婚，唯一的伴儿就是那把笤帚，还有酒友福大爷。

福大爷当时身子骨还硬朗。他有练武术的底子，解放前在前门外廊房头条的银号，给掌柜的当保镖，解放后在工厂当了工人。

福大爷性格爽快，嘴直，说话不会拐弯儿，伤了不少人。"文化大革命"那当儿，他得罪的人当了造反派，人家翻出他的老底儿，银号掌柜的保镖。他被戴上"资本家狗腿子"的帽子，跟着被抄了家。

其实，他并没什么家底儿，红卫兵翻箱倒柜，家里最值钱的是一顶"马聚源"的羊剪绒帽子。这件"战利品"，后来归了一个红卫兵头儿。

那年，福大爷已然退休，在街道上劳动改造。头一天早晨，他拿着笤帚扫街，被常顺大伯看见了。

"嘿，您这是抢我的饭碗是不？"常顺大伯瞪起了眼。

"不，顺兄，我这是改造呢。"

"改造？且轮不到你呢！"

常顺大伯把福大爷手里的笤帚夺了过来。

"别别，顺兄，我这儿少扫了一笤帚，到那边儿，就要多挨一皮带。你就让我这一回吧。"福大爷央告说。

“不行，谁敢抽你，我擎着。”

当晚，常顺大伯被造反派叫去，果然挨了一顿皮带，腿被打成了骨折。

第二天早起，常顺大伯下了床，腿疼得钻心，他愣咬着牙，爬着出了家门。他的手里拿着笤帚，爬着，也要扫街。

这哪里是在扫街呀，分明是用身体在擦路面儿。没“扫”几下，他已大汗淋漓。

恍惚之中，他发现槐树下有个人影儿，谁呢？他揉了揉眼，往前爬了几步，终于看清是福大爷。

敢情老爷子手里拿着绳子，正往树上拴套儿。他身上哆嗦起来，爬到树下，一把夺过绳子，狠狠地给了福大爷一拳：“您呀，怎么能……”

他泣不成声了。晨雾迷蒙，两位老人在槐树下抱头痛哭起来……

福大爷“解放”那年，常顺大伯已然病得下不来床了。他是颤颤巍巍扫街时，倒在槐树下的。

福大爷拎着点心匣子和两瓶酒，去那小屋看他。他挣扎着坐起来。

“我没事儿，真，没事儿。”他苦笑道。

“我知道你没事儿。”福大爷眼里汪着泪，长长叹息了一声。

“您……您带着酒呢？”

“没它，我怎么能来见老哥哥？”

“好呀！咱哥儿俩满上。”常顺大伯哆里哆嗦从柜橱里，找出两个破了边儿的酒杯。

二两“二锅头”下肚，常顺大伯的五脏俱热。他茫然地看着福大爷，道出了肺腑之言：“兄弟，我知道我这病，一时半会儿死不了，可活着真是拖累，我真不愿给街道上添麻烦了。”

福大爷安慰道：“顺兄，您别说这话，只要我有口气儿，能让您受罪吗？”

两人喝到半夜。临走，福大爷说：“我明儿就叫喜子，把你接到我那儿住。咱老哥儿俩就伴儿吧。”

喜子是福大爷的儿子，在工厂开车。

“什么？接到您那儿住，把我？”常顺大伯愣住了。

“是呀！您孤孤单单的，住这小屋，我心里不踏实。就这么定了，明儿一早，喜子过来。”福大爷扶着他下了地。

福大爷的话撂地是钉儿，由不得常顺大伯再说什么。

常顺大伯非要把福大爷送到院门口，临分手，他嘴里叨唠着：“明天一早，明天一早……还来得及。”

第二天，喜子正好上早班，天没亮，就被福大爷给叫了起来。他帮着老爸腾出一张床来，老妈去世后，老爸一个人寂寞，把常顺大伯接过来就伴儿，正合他的心意。

喜子出家门时，天色朦胧，胡同很宁静，也许这会儿人们还在梦乡。

喜子走着走着，恍惚间，发现那棵槐树上吊着个人，他打了一个激灵，揉了揉眼睛细看，敢情是常顺大伯。

他的头发丝儿竖了起来，慌忙跑回家去叫老爸。

福大爷把常顺大伯放下来，人早已经凉了。他捶胸顿足，哭成了泪人……

老槐并不古，否则早就挂了“红牌儿”。市里规定挂“红牌儿”的树都属文物，文物自然没人敢伐。

听胡同里的老人说，槐树是常顺大伯亲手栽下的，一晃六十多年了，树已根深叶茂，树影婆娑，在寒风中絮语，像是对人们讲述一个动人的故事。

福大爷抱着老槐不放手。

“你们谁敢动它，我这把老骨头跟谁没完！”他的脸上青筋暴露，像那棵老槐，悲怆，凝重。

老槐伐掉的第三天，福大爷在床上咽了气。

一晃儿，十多年过去了。如今这条胡同已从北京的版图上消失，新建的住宅小区取名“槐花苑”，十几栋高层住宅楼里已住满了人。

“槐花苑”，不知谁起的名儿？难道那个“苑”字，是“怨”的谐音吗？不是吧？“槐花苑”住着胡同里的许多老住户，有谁能记起当年胡同里的那棵老槐呢？

没人提起它了。

黄二爷
二爷拉着成子的手告诉他我练的不是八卦也不是形意、太极，是金五爷亲手传给我的，世上没有第二人会打。
拳谱
戊戌中秋月海方画

拳 谱

一

金二爷的拳路像他的脸，阴不阴，阳不阳。明眼人瞅着是八卦的路数，可“海底针”“搬拦捶”揉在里头，又像是太极。什么拳，谁也说不准。

他头发全白了，脸皱得像干枣儿，腮也塌了，只有深眼窝儿里藏着的双眸，像冬夜里的寒星，闪动着亮光。

无论冬夏，对襟儿扣襻儿的衣褂，肥肥大大的运动裤，脚底下永远是两道脸儿的千层底儿布鞋，并不老八板儿，却也不是新派。

见天[①]一早一晚，两趟天坛。两个大鸟笼子一手一个，晃着精瘦的身板儿，专拣背脚儿的柏树趟子，站一会儿桩。然后，起几个云手，再打拳。

他的拳，招儿怪，式子也冷。闪展腾挪，起落有致，不见大开大合，细腻平缓，法势古朴沉实。

① 见天——北京土话，每天的意思。

倒是岁数不饶人，蹚泥步显得发沉，一个“探海”，再一个“望月”，嗓子便拉开了风箱。

他少言寡语，总好[1]一个人来来去去，不见有徒弟相随，也从不跟谁过手。常去天坛练武的主儿，跟他半熟脸儿，可连个碰头好儿也不过。他似乎不想跟谁交往。

时间一长，金二爷在人前背后落个话把儿。打拳的时间，短不了有人议论几句。路子宽点儿的给他泄了底。

他住家花市。在旗。家谱上有个五爷，光绪年间在善扑营当翼长。五爷是金二爷的亲爷，好拳，跟八卦门的尹福拜过把子。

那时尹福在朝阳门外卖麻花儿，绰号“麻花尹”，但在旗人眼里是“下九流”。

五爷不怕跌身价儿，重的是侠义，武林各门的师爷跟他都有交情。他有心，学了别人的玩意儿，到自己这儿成了本事，独创一套拳法。他的拳不讲套路，只重实技，外人不传，只在本家里选一枝儿。

五爷的拳只露过一次。一把年纪了的五爷，在涛贝勒府，双掌对十拳。那五个是精壮小伙儿，善扑营出来的。结果五爷露了脸。

涛贝勒爷赏了五爷一对银器，事后，执意让他带几个徒

① 总好——好（hào），喜欢，爱好的意思。

弟，五爷到死没给面子。

五爷的拳传给了儿子，儿子又传给了儿子，到金二爷这儿，找不出第二个懂这拳的。

别人听了是段故事，扯几句闲篇儿就过去了，唯有成子添了心病。

二

成子叫陆志成，三十挂零儿，原先在机床厂当钳工，这会儿是职业“练家子”，靠教拳吃饭。

成子十岁，跟胡同口拉板儿车的孙爷学拳，孙爷练的是八卦，后来，孙爷的八卦套路被成子整理过，上过东北的一本武术杂志。

成子的拳精神，头几年，在全国武术比赛上，拿过奖牌，算是给师傅作了脸。

孙爷头年过世，临闭眼，交给成子一张发黄的纸，说了一句：“我的老家儿跟尹师爷拜过把子，咱们是正宗，到你这儿别断桩。”

成子打开黄纸，蝇头小楷，密密麻麻，写着许多人名。他睁大眼睛，半天，才在这张纸的角上，见到了师傅的名字。

孙式八卦才是正宗。成子脑门儿亮了：他得顶这个门户。

师傅忌日，成子把几个过心的师兄弟叫来。两瓶“二锅头”下肚，小哥儿几个肠子热了。

成立“孙氏八卦研究会”，把牌子亮出去，武坛得有咱一号。成子嚷起来。

成子在师兄弟里，算是“笔杆子”，众人相捧，他吭哧一个月，写出了研究会的章程。

唱戏总得有人捧场，甭管是撂地场子，还是堂会，没人捧，喊破嗓子，也是猴儿拿虱子瞎掰。

成子懂这个。

他把研究会的章程，一本正经地呈给了武协的一个头儿。人家没看，扑哧笑了，晃了半天脑袋，晃出两个字儿：“起腻。”

成子咂摸了一会儿，没品出味儿来，心里揣着个闷葫芦回了家。

师弟喜子拿着本武术杂志，正等着他。

三

成子的眉头堆成了小山，把武协头儿的话和盘托出。

“嘿，真有跟咱们起腻的。”喜子撇着嘴。

“谁呀？”成子的脑门子要蹿火。

“瞧瞧吧。”喜子翻开了手里的杂志，指着上面的文章说，“《八卦正宗探源》，金少侯写的。”他的嘴快咧到了耳根子上。

又一个起腻！成子丈二和尚摸不着头脑了。

“哪儿出了个金少侯？”他把杂志扔到一边儿，没舍得瞅一眼。

“还不就是总去天坛打拳的那个金二爷！”

“哼，瞅着他不言不语的，敢情是蔫土匪！我说武协的头儿冷不丁冒出一句起腻来呢。”

成子觉着有股火儿在心里窝着。他决定要跟金二爷掰掰纹儿。

四

奇怪的是，金二爷有日子不露了。成子在坛口儿憋了他俩礼拜，没撞着人，一时犯起嘀咕来。

“老小子心虚了不是。”

“明摆着，怕吃挂落，闪了！”喜子道。

“躲过初一，躲不过十五。早晚他得来天坛。”成子说。他像号着人家的脉。

其实，他找金二爷没别的，一块堆儿掰扯掰扯，孙式八卦算不算正宗？

成子一狠心，掏出钱包，把师傅留下的那张《八卦传世谱》复印了两百张，先在武术圈儿里，撒了一把芝麻盐儿，然后单等着与金二爷当面交锋。

又过了十多天，金二爷还是没照面儿，成子沉不住气了。

在花市二条的一个大杂院里，成子找到了金二爷的家。

北房，间量不大。院里有棵海棠树，树枝子上挂着一个大鸟笼子，两只画眉叫得正欢。成子瞅了一眼，正是金二爷常拎的那个。

一个老太太颤颤巍巍开了门，是二爷“家里的”。

成子把两个稻香村的点心匣子，放在八仙桌上。练武的人懂礼数，串门儿不空着手儿。

“坐坐……坐吧。”金二爷从被子里探出脑袋，脸惨白，像白布，眼睛陷进坑里，黯然无光，腮嘬着，头发掉没了，才几天工夫，换了个人。

金二爷费了半天劲，混浊的眼里才透出点儿亮，强努着劲儿凝视，终于认出了成子。

“成子呀！让您惦记着……都挺忙的，还单跑一趟。”

“应该的，都是天坛的人。”成子淡然一笑。

“身子骨不争气，刚挨了两刀。我这儿……欠礼了。”金二爷的声音，像从地洞子里传出来的。

成子内心一热，眼泪在眼眶里打转儿，他顺水推舟，松开紧绷着的脸儿：“二爷，天坛这帮武友，知道您身子骨不合适，特地让我来瞅瞅您，给您老带个好儿。就手看您有什么难处，需要哥儿几个办的？”

二爷摆摆手儿道："甭价，给诸位添麻烦了。挺好，我这儿，七十三了，坎儿上，我估摸着寿数已然到了大限，准出不去这个春天。大家伙儿的情意我领了。别……为我这老朽操心了。"

成子看得出来，二爷不是说的虚话，闹不好明天就……

成子一时乱了弦儿，临来时编好的那些词儿，全都扔到云彩里。

"您踏实养病，有什么需要我的，您就言语……"他抖了个激灵儿，道出一套既得体又亲切的安慰话。

二爷"家里的"把成子送到院门口，眼圈儿红了。

"肺癌，要命的病。五年了。这次全身扩散，没一点儿辙啦，备不住……"她哽咽道。

成子没言声儿，低着脑袋摸扣子。沉了会儿问道："不见您的后人？"

"后人？"

"您不是有儿子吗？"

"唉，我们没儿子，只有一个独女儿，在国外。"

"真的？"成子到这会儿似乎全明白了。

"这还能有假？"

成子默默地看着眼前的这位老人，眼泪倏地滚落下来。

"师母，您……往后，我来伺候二爷！"成子发自肺腑地说道。

老太太也掉了泪，泪落在成子的手上，他觉得有些灼热。此时此刻，他真想找个地缝儿钻进去。

唉，亏他没张口提那档子事儿，要不得臊死。

五

喜子又来了。

“师哥，我找了个哥们儿，报社的记者。答应给咱们上篇稿儿，给金二那老小子一点儿颜色。”喜子喜形于色。

“扯臊！”成子的脸涨得像紫茄子。

喜子呆了：“嗨，师哥，今儿你这是……”

“我先把话搁在这儿，你要再跟我胡吣，可别怪我翻脸！”成子的话，让喜子身上发冷。

不知是扽了哪根弦儿，成子决定“送送”金二爷。

那些日子，成子只要得空儿，便奔花市。他守在二爷的病床旁，跑前跑后地精心照料，赶上二爷的亲生儿子了！

金二爷的大限临近，一直处于弥留状态，这天，他的精神觉得好点儿，把成子叫到床前。

二爷拉着成子的手，捯了半天气儿，才在喉咙深处发出蚊子似的声音：“成子，二爷谢谢你……”

“二爷，您说这话，咱爷儿俩就远了。伺候您，还不是我应该的吗？”成子的脸贴近二爷的耳朵说。

二爷的嘴翕动了几下，声音低缓地说：“我走了，没别的念想儿，只有一样事儿放不下心。”

“二爷，甭说了，都是过去的事了。我也是一时忘了自己吃几碗干饭。您是长辈，懂得比我们多。”

成子以为二爷要提那篇稿儿的事儿，马上拿话堵二爷的嘴。他不愿让将要作古的老人心里添腻歪，宁肯打自己的脸。

二爷似乎没听到成子的话，依然打着颤音儿嗫嚅道：“我练的拳，想必你看过。那不是八卦，也不是形意、太极。是我爷爷金五爷亲手传给我的。这个拳法与众不同，世上没第二个人会。我一直在中学教书，‘文革’时，人被整，家被抄，我被迫改行干壮工，玩意儿扔了十多年，再没捡起来，身子骨完了。唉，这么多年，我死守祖训，没带出一个徒弟来……”

说到这儿，他把“家里的”叫过来，让她从板柜里翻出一个蓝布包儿，他指着那个蓝布包儿，对成子说：“我不想把玩意儿带进八宝山，试着每天温习拳路，费了两年时间，整理出这份资料。我看你年轻有为，将来把它加工出来，对武术发展或许有用……”

说到这儿，二爷的嗓子眼儿像扎了鱼刺，摇摇脑袋不往下说了。

二爷“家里的”把那个蓝布包儿，递给了成子。

成子打开，看见的是厚厚的一本拳谱。

六

柳梢儿吐黄的时候，金二爷“走了”，那天正好成子不在老爷子身边。

二爷“家里的”给成子挂了电话，成子跟几个师兄弟凑钱买了大花圈。遗体告别仪式上，他哭得最凶。

成子对什么“正宗”和研究会，已然觉得没味儿了，他想把金二爷留下来的拳谱，梳理出个眉目来。

这天，成子写了封信，把在天津工作的师弟大琦叫来。

大琦在出版社工作，打天津坐火车过来。成子在“全聚德”请他吃烤鸭，当然，那些师兄弟来作陪。

酒热耳酣，成子讲完金二爷留下拳谱的事后，又说起当年武术杂志上，金少侯写的那篇《八卦正宗探源》文章。

喜子拧着眉毛说道：“这个跟咱们起腻的金少侯，我找他几年了，也不知道他到底是哪路神仙？杂志社的编辑守口如瓶，这事一直是个谜。”

“金少侯？”大琦听喜子说完，突然莫名其妙地哈哈大笑起来。

大琦的笑让成子疑惑起来：“怎么，你知道这个金少侯？”

“岂止是知道？”大琦笑着对喜子说，“得了嘿，别转影壁[1]了，人已经到八宝山了，还有什么掖着藏着的？”

喜子的脸撑不住了，喝了一大口酒，跟成子说出了实情：原来这是他和大琦设的一个“局”，喜子见金二爷整天阴沉着脸，对谁都爱搭不理，尤其是对孙爷的徒弟们扬而不睬，心里头别扭起来，喜子有几次想跟老爷子过话，还被他给冷落了。

喜子咽不下这口气，但又奈何不了金二爷，于是让人写了这篇文章，发表在武术杂志上，以此来拱成子的火，给他俩“拴对儿”结仇。没想到成子并没把这当回事儿，后来还和金二爷成了莫逆。

“刚你还跟我装傻充愣，说找了金少侯几年，敢情这是跟我玩哩哏儿愣呢！”成子瞪了喜子一眼。

“这不是想教训一下金二爷吗？”喜子说。

“那篇文章你是找谁写的？”成子问道。

“远在天边，近在眼前。”喜子看了大琦一眼，笑道。

“敢情是你呀！”成子惊讶地对大琦问道。

“喜子的策划，我的笔。”大琦撇了撇嘴说道。

“怎么叫这个名儿？”

“写这种文章，肯定要用化名。这名儿我想了一上午，姓金的，您先‘候’着吧，这儿没你什么事！”

“原来是这么个金少侯呀！”成子恍然大悟。

---

① 转影壁——北京土话，来回兜圈子，捉迷藏的意思。

“嗐，一个小小的恶作剧。”大琦不以为然地哂笑道：“平淡的生活总得有点儿调味品不是？”

“什么？这是生活调味品？”成子的脸上划过一道阴影，倏尔阴影又黯淡起来。

喜迎门服装店
苏二爷的小屋
临搬家时，下班后他还特意去看了看那间将要消失的小屋
戊戌年中秋马海方画

苏二爷的小屋

谁也没想到苏二爷一夜之间便撂了挑子[①]。老爷子头天还到官园的鸟市晃荡，花五十块钱，淘换到一只绿虎皮鹦鹉，乐得他在院里唱了段“二黄”。

早起，玉山推开苏二爷的屋门，酒味儿蹿鼻子，八仙桌上摆着瓶见了底儿的“二锅头”，甭问，准是夜里喝多了，脑出血。

二爷的脑袋耷拉到地上，玉山用手一摸，身子早凉了。七十三岁，正是“坎儿年”。

赶紧张罗后事吧。老街旧邻们的眼睛瞄着玉山。可不是嘛，苏二爷光棍一条，这些年全仗着人家玉山照应着，亲儿子似的。

从八宝山回来，玉山和邻居孙奶奶打点老爷子的身后物。一屋子破桌烂凳，没一件下得去眼的家当。

说了归齐，还就是这间十八平方米的小屋，算样囫囵个儿的产业。间量不大，山墙临街，捅开，装上门窗，就是铺面

① 撂了挑子——北京土话，死了的意思。

房，开个买卖，哪儿找这地界去！

玉山没惦记开买卖。三十七岁啦，还没混上个“窝儿”，媳妇过门找不着门槛儿，这是他的心病。苏二爷老早就为玉山掂算好了。

倒霉催的，苏二爷二十多岁上，在前门大街拉洋车，让国民党的军队抓了壮丁，穿上那身“黄皮”[①]，奔了东北。

他当的是伙夫，服役三年，愣没摸过枪，可最后也成了俘虏。这点事儿，苏二爷熬头了一辈子，连个媳妇也没混上。“文革”时，挨了红卫兵一顿皮带，趴在床上起不来。

他本想睁眼等死。玉山仁义，看老爷子可怜，一把屎一把尿，伺候得服服帖帖。老爷子下了床，想好好儿再活几年。

当时，玉山落下话把儿：阶级阵线不明。在街道当主任的孙奶奶，把他叫去数落半天。玉山没走心。他不能瞅着老爷子抱着屈去听蛐蛐儿叫。

前几年，苏二爷落实了政策，分到几千块钱养老金，私房也退给了他。老爷子有心，点水之恩，涌泉相报。何况玉山的恩不是“点水”！百年之后，没别的身后物，这间房该留给他。

苏二爷找了个识文断字的人，立了遗嘱，还上公证处盖了章。这些事，街坊四邻并不知道。

---

① 黄皮——国民党军队的军装，因为是土黄色，所以老百姓叫黄皮。

这间小屋令人眼热，邻居们为它走了脑子。最动心的莫过孙奶奶的孙子大彪。

大彪跟玉山是从小一块儿长大的，俩人知根儿知底儿。五年前，大彪犯了点儿事，蹲了两年大狱，出来没了饭辙，在马路边练摊儿，倒腾衣服，小打小闹，手里攥着点儿钱，想干点儿“大事”，相中了苏二爷的这间小屋。

玉山哪知道有人要算计他。把苏二爷的小屋拾掇干净，粉刷了一遍。在展销会看上一套家具，想开春往家里搬，没过门的媳妇把双喜字都早早预备下了。

孙奶奶到小屋来了几趟，没言声。

玉山这阵子像只喜鹊，马上要当新郎官了。这天下班走到胡同口，一帮老太太聊天，玉山过去打招呼，没人理，走出几步，传进耳朵一阵凉风：“瞧烧得他。有脸见人吗？苏二爷才死几天呀，就把人家的房给霸过去了。”

“我说不会有那么好心眼儿吧。装得人似的。敢情照应老爷子没憋好屁，是要人家的房产。”

玉山“嗡”的一下，脑袋大了。他想找个地缝儿钻进去。

隔了两天，街道主任找他，话说得挺圆：“没房结婚不寒碜，霸别人的房，那才丢人。”

玉山很想把苏二爷的遗嘱拿出来，憋了半天，一句话没说，走了。

苏二爷留下的那只鹦鹉，瞅着他啾啾直叫。他往笼子里填了点儿食。见了鸟儿像瞅见苏二爷。

“山子够哥们儿，把苏老头的房先让给我怎么样？”大彪耐不住性儿了，直接找玉山摊了牌。

“让？”玉山直愣愣地看着大彪。

“哥们儿不亏待你，给你这个数。”大彪伸出五个手指头，“五万块钱怎么样？”

五万！在机床厂当钳工的玉山，哪见过这么大的数儿，这是他大半辈子的工资！

五万块钱，要买苏二爷的小屋！老爷子混了一辈子，就留下这么间小屋，我把它卖了？五万块钱，可以享几年福。五万块！买走人的良心？

玉山想给大彪一个嘴巴。

“五万？买这小屋！打我脸吗？”玉山瞪起眼珠子。大彪吓得再不敢吱声。

孙奶奶的“解放脚”[1]紧着捯。老太太的脑子不够用了，恨不能把街坊四邻都调动起来，往玉山头上扣屎盆子。

玉山心里窝火。在老人们的眼皮底下，他突然觉得渺小得像个水珠儿。就为这小屋？

这天，玉山在门口叫住大彪。

---

① 解放脚——小脚裹到一半，又放开了，所以叫解放脚。解放脚比三寸金莲大，比正常女子的脚要小。

“天热，身上燥得慌。走，‘春江’喝点儿去。”

大彪一拍裤兜：“行呀，我做东。”

“你做东，我不去。看不起哥们儿是不是？”

“哪儿的话，这么赏脸，能不兜着？”

“春江”是胡同口的酒铺。苏二爷活着的时候，是这儿的常客。玉山要了半斤白酒两升啤酒四碟小菜。俩人脸对脸，拿起了酒杯。

二两酒下肚，玉山的脸红了：“大彪，苏二爷那间小屋我盘算好了，就依你。”

大彪撂下筷子，腾地站起来。“你真金口难开。我准知道你缺钱花，回头我就把折子给你。你到银行取……”

玉山嘿嘿一阵冷笑，把杯里的酒泼在地上。

“钱？我一个子儿也不要。房子，你要看着好，归你。这是苏二爷的房契，还有他写给我的遗嘱。”

“他给你的遗嘱？这房子的？”

“甭废话，明儿你去房契上改名字，就这么着了。”

大彪成了泥胎，张着嘴说不出话来。

“别……别，那多不合适。”

“别跟我这儿装大瓣蒜，你要不要？说句痛快的！”

“……你这是？”大彪一时转不过磨来。

“你要这小屋，就是你的。可有一样，你得当着街坊四邻把话挑明，我玉山没要你大彪一个镚子儿。”

玉山把话撂下，扬着头，晃着膀子出了“春江”，他望着宁静的夜空，长出了口气。

就这样，小屋归了大彪。自然，玉山的婚事又暂时搁下了。

大彪很快把苏二爷的小屋，改成了服装店，字号叫“喜迎门”。

开张那天，放了一通儿鞭炮，震得苏二爷留下的那只鹦鹉，在笼子里乱蹦。

玉山往笼里填了点儿食，鸟儿啾啾叫了几声，随后静下来。玉山呆呆地望着这只鸟儿，眼里涌出两行热泪。

转过年，规划局来人说，这一带要建立交桥，所有平房都拆，苏二爷的那间小屋也得拆。几个月后，胡同里的人开始搬迁。

玉山也要住新楼了。临搬家，他肚子里撞倒了五味瓶，很不是滋味儿，特地去看了看即将消失的苏二爷的小屋。

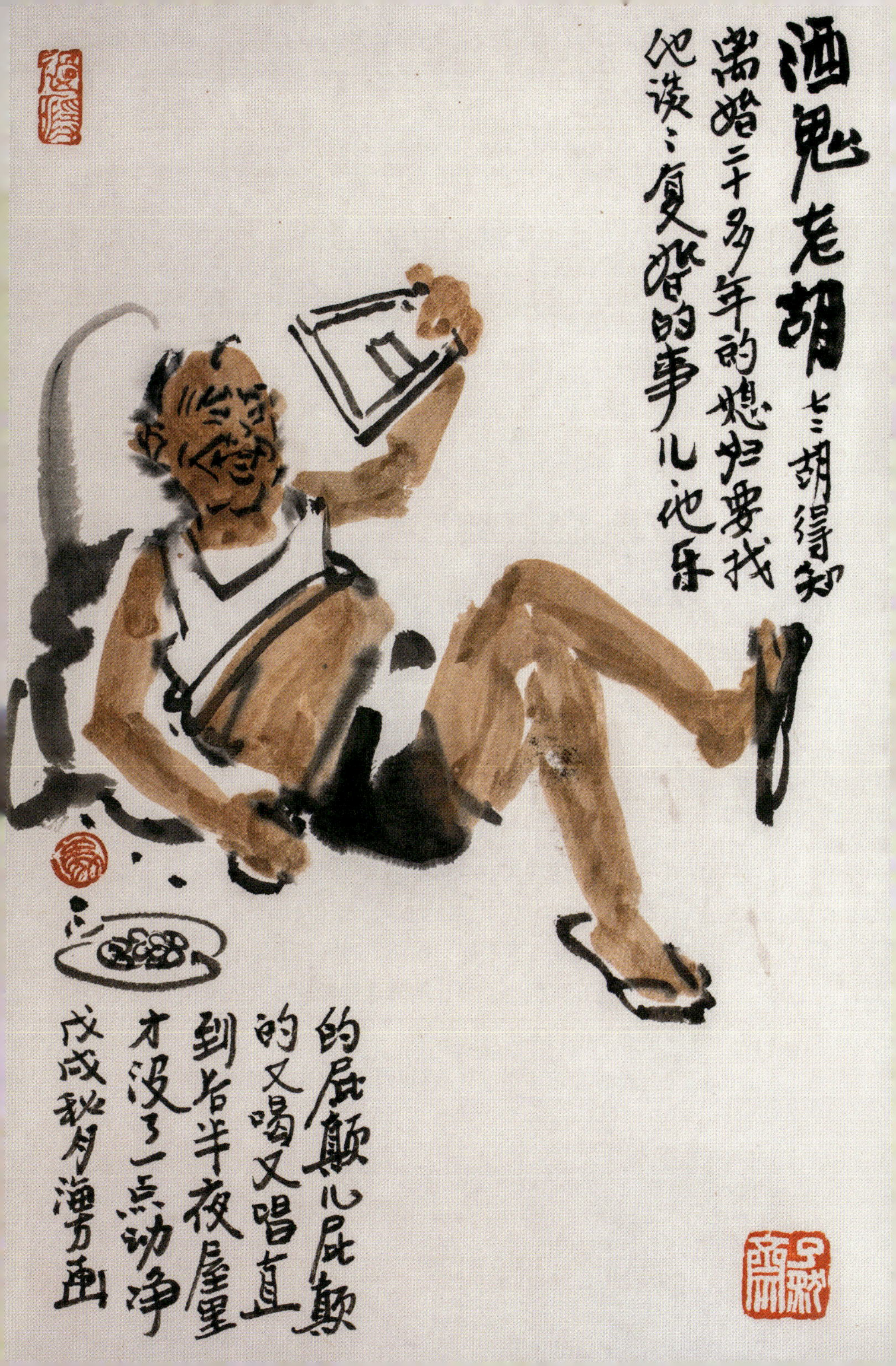

酒鬼老胡
老胡得知离婚二十多年的媳妇要找他谈谈复婚的事儿他乐的屁颠儿屁颠的又喝又唱直到后半夜屋里才没了一点动净
戊戌秋月海方画

酒虫儿老胡

一

老胡即便是穷得当了大褂儿，也要喝酒。整天让“猫尿”灌得腾云驾雾，这，才滋润。

说他没家没业，那是小看了他。不过，他眼下，的确是光屁股一个人。

媳妇也是酸眉辣眼的媳妇，好赖人家为他生了个儿子，那小家伙儿也白白净净的，挺招人喜欢。可是老胡的酒，把娘俩儿“熏”跑了。跟他在一块过，等于上刑。

工作，老胡以前的职业不错，房管所的管理员，看着是闲差，可也能碰上“蹭油”的时候。酒，让他提前退了休。

他心里明白，是“劝退”，而且应名儿是他得了肺病。其实，酒没让他的肺受多大委屈，而使他的肝遭了劫难。

这一切，他从不抱怨。身体的零部件早晚要到八宝山“回炉”，他认准谁也躲不了这一关。

滋润，人活着并不在乎什么名分。他以为，只要有酒陪着就行。

老胡喝酒，并不讲究仨碟俩碗儿。一个“心里美”萝卜，一头青皮大蒜，他能就着“渗”下三两四两。

他的酒量大，喝一两二两的不解气。一两二两顶多能涮涮肠子。他喝酒，必得往顶喽喝，不让自己驾云，他不罢休。

通常，他喝酒简单，一壶酒，两碟菜，齐活！他给这起了个名目叫“蝴蝶会”。蝴蝶的“蝴”是“壶”的谐音，“蝶”，自然是指碗碟的“碟”。

北京话里，蝴蝶的发音是“户铁”。有一次，酒友老陈跟他抬杠：“你这个‘蝴蝶会’应该叫‘户铁会’。”

老胡咧咧嘴，瞪了他一眼说：“我要铁干吗？我要一碟子花生豆就齐活！”

老胡有时身上的钱紧，凑不够两个“碟”，他便以烟代替，他管这叫“云彩酒”。

二

几十年了，老胡的家没挪过地方，还是那间八平方米的小屋，尽管他管过房。这一点曾使他光荣了一下，管房的不要房，而为大众着想，他落了个“思想觉悟高”的好名儿。

“其实这是扯臊！”有一次，老胡喝了酒对我说，“我光棍一根儿，要那么宽房大屋的有什么用！”

老胡性直，说话不含蓄，您说人家说你觉悟高、思想进步，并不是坏话呀，哪至于发这么大火呀？

他的家，如果那也可以称为家的话，可真够十五个人看半个月的了。除了一个光板床，一个破柜子，一个掉了腿的破三屉桌和一把方凳子外，就是床底下那堆躺得东倒西歪的空酒瓶子了。

酒瘾上来，他什么都敢卖。蹬着板车走街串巷收破烂的那几个河南人，淘换不到“食”了，必去找老胡。

“胡师傅，家里还有‘宝’没？”

老胡想想说：“有个破铜锁你们收不？”

“中啊。”

老胡把柜子上的铜锁拧下来，递了过去。

“给您五毛钱吧。”河南人还算照顾他的面子。

“再添点儿，够我喝二两的。‘二锅头’涨钱了，你不知道吗？”

河南人倒不吝啬，递给他一块钱。老胡扭过脸去，奔了胡同口的小酒铺儿。

酒铺儿的伙计认得老胡，看他晃动着身子走进来，老早就把酒倒在一个破了边的酒壶里，给他预备下了。

“还是‘云彩酒’？”伙计问他。

他摸了半天兜儿：“来盘花生豆吧。”

这壶酒和这盘花生米，老胡能在酒铺儿坐半天。

三

老胡有过辉煌的时候，像任何人一样，一辈子再窝囊，也有闪光露脸的那一刻。

“文革”时，老胡也不知怎么着就成了工宣队的成员，进入了“上层建筑”领域。

他在一所大学“支左”，那当儿的名词叫“知识分子接受工人阶级再教育”。想到上过两年小学，连“毛选”上的字都认不全的自己，敢在大学教授面前拔脯那种得意，不亚于他喝了一瓶“二锅头”。

自然，他“教育”知识分子时，也没忘了酒。

他喝了酒，也会拿架子，只是那架子端得有些滑稽。

他爱“讲用”，爱在那帮“臭老九”面前，讲他旧社会的那些经历。

那时兴“忆苦思甜”，逢到这时，他便来了情绪。不过他往往把挺严肃的“忆苦思甜”给搅喽。

因为他上台之前，先要喝酒。一喝酒，说话便没谱儿了。那舌头什么都敢卷，什么也敢抡。他的“忆苦思甜”成了滑稽表演，人们以为他在台上说单口相声。

他的北京土话说得很地道，俏皮话连篇，人们听着也觉得过瘾。大批判搞得“老九”们一个个神经特紧张，而听他的

"忆苦思甜"报告，倒可以轻松一下，换换脑筋。

他一上台，您听吧：

"解放前是吧，咱工人阶级是他妈的（他在激动时嘴边常挂着国骂）摔到五味瓶里了，甜酸苦辣咸都尝到了。资本家拿我们是不当人呀，那是饿瘪的臭虫，死叮。我们呢？是房脊上的猫，活兽（受），叫花子手里没棍，受狗欺。资本家也冲你笑，可那是金漆马桶，外面光里面臭。受了欺负，我们也只能是火烧桅杆，长炭（叹），跟酒交朋友，叫花子唱山歌，穷开心。有一次，资本家见了我说，你受穷是命。你说客厅里挂狗皮，这是什么画（话）？我受的那些苦，真是饭罐子打了耳朵，没法提了。穷人在那年月，是鼻梁骨上推车，走头（投）无路。要不是共产党，我们穷人还墙头上睡觉，翻不过来身呢。解放了，我们工人才老太太踩电门，抖起来了。这日子，是上台阶吃甘蔗，步步高节节甜呀……"

如果光是这些，逗大家哈哈一笑也就完了，老胡有时还要挂点彩儿。这下把他自己搁里头了。

老胡忆了好几年苦，大讲受资本家多少剥削和压迫什么的，其实，解放前，他是在前门外一家布铺学徒，那个资本家不过是靠几十匹布料支撑门面的小业主，那点儿资本还不如现在的一个个体饭馆的老板底气足。

说老胡那当儿没野心，有点儿亏心。世界上大凡褒贬别人的主儿，都有不可告人的企图，把资本家说得越坏，把自己说得越抱屈，才能体现出自己在旧社会苦大仇深。

而在旧社会越苦大仇深，在那个“红色”的年代，就越有政治资本，也就越有奔上出溜的可能。老胡不傻，别看他整天让酒“拿”着。但他懂这个。

可是言多语失，老胡穷白话的时候，难免走嘴，说得得意的时候，难免往外掏真话。他常常以为，台下的人听他讲用，忍不住笑声喷鼻，是对他的恭维。

所以，说到后来，他便把当伙计时，怎么看上了资本家的女儿，晚上睡不着觉，怎么偷偷去看人家的闺房，怎么变着法儿地跟人家套近乎，甚至有一次忍不住去摸人家姑娘的乳房，后来人家出了阁，自己如何烦恼，去逛“八大胡同”这些事儿都抖搂出来，而且说得绘声绘色。

老胡损害了工人阶级的形象。那所大学里“支左”的解放军，找老胡谈了一次话，当然，人家也查了一下他的历史，他的档案袋里，并没什么污点。

那位部队首长很严厉地撸了他一顿，这时老胡才觉得自己的话说过了头。但是后悔已迟，他被退回到原单位。

老胡后悔自己失去一次奔上“走”的机会。

“假如那当儿，我要是会耍手腕儿，现在能闹个局长当当了，再不济也得是个处长。”老胡酒后，跟我诉衷肠道。

四

我不认为老胡的为人，是多么的不厚道。人都有向上爬的欲望，只不过有人把这欲望摆在明处，有人把欲望掖到暗处。政治饭可不是那么好吃，这一点老胡差得太远。

他的确没多大的尿儿。我甚至觉得他后来当管理员，都有点儿高抬他，因为他太爱喝酒。伟人也有贪杯的，但老胡的贪杯，完全是让杯里的酒给淹了。他太直。

老胡不满的是当时他的顶头上司（是位处长）。处长的底儿他门儿清。

“他那两下子，还不抵我呢。哼。我当工宣队队长时，（这一点是他在跟我吹，他可没在工宣队挂过衔儿），他还是个小工人，可他能拍呀！”老胡很不服气。

“拍，也是一门学问。你不服不行。”我烧了他一句。

他不言声了。

我有时爱找老胡聊天，在他酒醒的时候，他也能说一些明白话。

他经历的事多，肚子里有些典故，尤其是他的那些老北京方言，是一部活字典。

我找他，是为了长学问，这一点他心里很清楚，所以有时在我面前卖卖关子，设点槛儿。我心里明白，他是向我讨酒钱。

我的确从老胡那里，听到许多旧京掌故，为我以后的写作垫了不少底儿。

老胡喝酒，喜好两样酒菜：“心里美”萝卜、花生豆。一个水萝卜，半斤花生豆，就能让他打开话匣子。

有一次，我给老胡送酒，顺路在农贸市场买了两个水萝卜，给他拎了去。

“你怎么知道我得意这口儿？”他拿过萝卜端详半天，像品一件工艺品。

“我是你肚子里的蛔虫。”我跟他打哈哈儿说。

“嗯，何姑娘嫁给了郑家——郑何氏（正合适）。我正馋这一口儿呢。”他嘿嘿笑道。

“怎么着，舍不得吃啦？”我逗他。

“这萝卜不是北京产的。”他冲我挤咕一下小眼说。

“这您都能看出来？您说这是哪儿的萝卜？”

“河北的。”他又看了一眼手里的“心里美”。

“又来了。您能看出萝卜的产地？”

“当然，这才叫真正的吃主儿。”

“北京的‘心里美’萝卜有名儿呀！”我说道。

“这话不假，可你知道北京的‘心里美’萝卜，有什么特点吗？”

“干吗？这就要给我上课是吗？”我逗了他一句。

“跟你说吧，北京的‘心里美’，外皮绿，倍儿绿，小脑门儿，小尾儿，切开，血红。早先北京人拿‘心里美’当水果吃。”

“瞧瞧，您可真是耗子咬茶壶，满嘴是瓷（词）儿。”我跟他在一块儿，没少学这路俏皮话。

“不不，我跟你向来不老太太捋下巴，假牵须（谦虚）。告诉你说吧，北京城最好的水萝卜，产在南郊的西红门和西郊的八里庄。眼下，八里庄成了工业区，种萝卜的少了，挑水的回头，过井（景）了。正装货就剩下西红门了。你听说过萝卜叫城门的典故吗？”

“没有。”我摇了摇头。

“给我满上酒！”老胡瞥见我给他带来的“二锅头”。

我给他倒了一壶。他喝了一口，咂咂嘴，跟我聊起了西红门萝卜。

在早，西红门有家姓陆的，种的萝卜个儿大，皮薄，他的萝卜比别人晚种那么十多天，“处暑”前后下种儿，拔萝卜也比别人晚，地里见冰才拔。

陆家的这招儿，给西红门唤来了个好名儿，当时北京市市长也爱吃萝卜，而且专爱吃陆家种的，吃上了瘾，给陆家写了一块匾：“一乡普及”。

这一“普及”，全村的人都仿照陆家的方法种起萝卜来。那当儿九城还有城门，陆家的人进永定门，甭管什么时候，只要说是西红门的，就立马儿让进城。

“西红门的萝卜叫城门”的典故，就是这么来的。

我对老胡道：“照这么说，西红门的水萝卜也是人给捧起来的？”

“不不，人家的东西确实地道。我过去吃萝卜，就认西红门的。”

“得，听您这么一说，我买这俩萝卜得扔。”

“别价呀，‘心里美’萝卜就酒，嘎嘣脆，我正缺这一口儿呢。”

他赶紧把我买的萝卜用手抱住，好像我真的要扔。

五

老胡头年死了。死得很平静，很安详。

死的头天晚上，他得着个信儿，离婚二十多年的媳妇要找他，谈复婚的事儿。

他乐得屁颠儿屁颠儿的。院里的人听他在那个小屋，唱了多半宿戏，唱到后来，没了响动。

那个让酒熏跑了的小媳妇，如今已然是满脸褶子的老太太了。敲了半天门，屋里也没动静，找人把门撬开，老胡倒在了地上，手里还拿着一个“二锅头”的空酒瓶子。

老太太发现凌乱的桌子上，摆着一张已经发黄的照片，那是他们的结婚照。

她颤颤巍巍地拿起这张照片，看了好长时间，也哭了好长时间。

球 友

我们是在医院排队打针时认识的。

他听说我是省足球队的球员，马上把皱皱巴巴的脸凑过来。谈起足球，他灰暗的老脸闪动着稚气的光泽。

足球像无形的线，把年龄悬殊的两颗心连在了一起。他告诉我住址，用期待的目光邀我深谈。

他住的小屋低矮阴暗，我架着双拐走进去十分吃力。屋里有股刺鼻的霉味，东西零乱，古旧的家具上落满灰尘。

他本来在床上躺着，面部表情十分痛苦，见我进来，阴沉的脸上立刻出现奇异的神采，指着一个破沙发，让我坐下。

“你的腿好些了吗？”他审视着我的伤腿问道。

我沮丧地摇摇头：“没希望了。真的！连医生也这么说。膝关节摔伤后，肌肉一天天萎缩，疼得我晚上睡不着觉。”

他凝重的面孔露出舒缓的笑容：“有些医生只能从病理上做出诊断，而不能从心理方面开出药方。依我看，你的腿根本不像他说的那么严重。”

“您是给我吃宽心丸。”我苦笑了。

沉了一会儿，他脸上的皱纹颤动起来，敛起笑意，用低沉的语气道："瞧我的腿，想象得到吗？比你还小呢，得了小儿麻痹症。"

他撩起裤腿，露出扭曲的双腿，松弛的肌肉上有几块显眼的疤痕。

"手术后，我终生只能在床上躺着。但是我爱上了足球……足球使我站了起来，而且……"

他打开记忆的闸门，把我带到他遥远的年轻时代。

我真想不到他跟李惠堂是广东五华同乡，四十年代，在这位著名球星感召下，他爱上了足球，并且使他战胜了病魔，成为上海华东足球队的出色先锋。

他拿出一个精致的小木箱，取出几枚奖牌和一张照片让我看。

在这张发黄的照片上，我看到了他年轻时的面影。

"他就是那个大名鼎鼎的'铁脚李'。"他指着一个模糊不清的人头说，脸上有一种不可名状的幸福感。

接着我们又谈起了足球。在那个世界里，他是那么愉快。精辟的论点，饱含他的人生体味和多年的苦心思索。

我从他的话语中，隐约感到他生活经历的坎坷和人生道路的磨难，我曾试着询问像他这么优秀的足球运动员，为什么解放后改了行，但发现他脸上掠过一丝阴影，似有难言的隐情，便绕开了这个我至今也无从知道的话题。

"人的意志是完全可以胜过最好的药降伏住病魔的。是的，我就相信这是个真理。只要热爱足球，你就一定能像攻入球门那样达到目标。我那时躺在床上痛苦极了，但是后来我就想，为什么我不能踢球？我不相信这是命运的安排，我完全可以比任何人踢得好，我终于成功了。”他的眼里闪动着坚毅的目光。

“这是信念的作用吗？”我诧异地看着他。

“你完全能恢复。我想用不了多久，就能在赛场上看到你，一定会的！只是到时候别忘了给我送张球票。”他说得非常肯定，好像我明天就可以穿上球衣，参加比赛似的。

我发觉一旦我们的话题离开了足球，他脸上的光泽很快就暗淡下来，憔悴苍白的面皮，令人觉得他马上就要咽气。但一谈起球来，他便活了。足球像巴拉德神灯，点燃他生命的蜡烛。

我终于明白他让我来的目的。

不久，我躺在医院的病床上了。膝盖软骨手术后，整个右腿打了石膏，上了夹板，我只能静静地仰面朝天。

球队的队友和体委的领导都来看我，带来鲜花和水果，也带来慰藉和惋惜。

体委领导对看护我的母亲说：“让他安心养病吧，将来会给他安排一个满意工作的。”

他有意把声音提高，目的是让我也听到这句抚慰的话。其实，这句话像针扎在我的心上。

我的眼前时常浮现出那个亲切的面影，有几次在梦中，我又回到了那个阴暗潮湿的小屋，听他缓缓如泉水的话语。

这些日子，天阴得很沉，恶劣的天气使我的情绪十分低落。我又被失望吞噬了，两天前，我听见大夫对母亲说，我的刀口感染，可能要锯断右腿。

傍晚，外面下起了小雨，风吹打着窗户不停地响。我吃过药，昏昏入睡。蒙眬之中，我听到病房一阵脚步声。

我抬起头来，啊，原来是我朝思暮想的球友。别是在做梦吧，我揉了揉睡眼，凝视着立在我床头的这位老人，是他，真的是他！

他比以前消瘦多了，脸上笼罩着不祥的灰暗光晕，动作也显得迟缓，但是当我们俩的目光相遇时，像是接通了电流，他的眼睛突然亮了，脸上也出现灿烂的微笑。

他说一直很想我，打听几个人才找到这里。问过我的病情，他有些激动了："没有这么严重，锯腿是绝对不行的。你还要用这条腿进国家队呢！"

"真的，我听大夫说得清楚极了。"我无力地解释着。

"不要全信大夫的话，他们有时说得很严重。身上有个包，他们也可能会说这是癌，吓得人出冷汗。别信他们的。要相信自己。相信你一定能站起来，能重返足球场，还能把球攻入大门儿，能当一个球星。千万不要动摇自己的信念，把一切置之度外，你的全部精力就是一心想着要去踢球。"

“啊？想踢球？”我的腿动一下，就像被火烫着一样疼。

“要咬牙，哪怕每天抬一下也要动，要坚信自己的意志，让意志去统率你的神经，你的一切。相信我吧，只要坚持活动和锻炼，你一定能站起来。”他像个慈祥的父亲，在开导自己的孩子。

不知不觉，我们谈了有一个小时。护士走过来好几次，用冷冷的目光发出逐客的通知。

他握住了我的手，用坚定的语气说：“一年或是两年，我们在球场上见。我等着你。”

临走，他把一个布包放在我的枕头边，又留给我从容自若的一瞥。

我目送他走出病房，直到他那嚓嚓的脚步声在走廊里消失，我才发现眼泪已湿了枕巾。

我把那个布包打开，原来里面包着一个足球，已经很旧了，上面留着许多人的签名，字迹模糊不清，只有用墨笔写的“决不放弃”还能认出来。

袋子里还有一张字条，上面写着：这只球是当年足球明星李惠堂送给我的，我保存了整整四十年，它是我最心爱的纪念物，它伴随我走过人生道路的风风雨雨。在我风烛残年的时候，我愿把它送给你，愿它能代表我的心，跟你一起战胜病魔，重新走向绿茵场。衷心希望你能用自己的意志证明自己是一个真正的足球运动员。署名是老球友。

这一夜，我的脑海里始终旋转着足球。

第二天，我便试着抬腿。很疼，但我咬住了牙关，终于起来一公分。

以后天天如此，直到满头大汗才罢休，有几次我疼得晕过去了。医生用责怪的目光向我提出警告，母亲看着我痛苦的表情暗自流泪。

我的眼前总旋转着足球，我一定要踢到它。是的，我一定能。有时疼得实在难熬，我也想放弃，可这时我的眼前就会闪现出球友坚定的目光，我坚持下来了。

奇迹出现了，我的疮口竟然愈合了，连权威的外科医生也吃惊。终于，我丢掉了夹板。又过了几个月，我竟能扶着墙起来了。

出院后，又是一年，我已经能走能跳了，我多么希望能早一天见到球友。

“一年或是两年我们在球场上见。”我忘不了他的话。

当年我来过的那条胡同已修成了宽阔的马路，我思念中的那个小屋，只能在记忆里寻找了。

我呆然兀立在那里，一切就像是个梦。我连他的名字也不知道，更不晓得他的家庭、身世、工作单位。上哪儿找他呢？路边的花坛围栏上坐着几个闲聊的老人，我走了过去。

“您打听的是不是那个脸上有块疤的广东老头儿？”一个面目和善、白白胖胖的老人想了半天，才明白我找的人。

我猛然记起球友脸上的一块印痕。

"他一年前就死了。"白胖老人叹了口气说，"那可真是硬汉子。十年前就得了肝癌，愣挺了这么长时间。不过，死时也怪可怜的，他光棍一个人，只有个女儿在广东，死了好几天，才来……唉。"

见我泪水已涌出来了，老人顿住话口，默默地低下了头。

我的心震颤了，无限的悲恸使我真想放声号啕。我泪眼蒙眬望着街上涌动的车流和匆匆赶路的行人，望着湛蓝湛蓝天空上游动着的白云。

一年后，我重返足球队，球友送我的那只足球被装在玻璃框中，摆在我的床头。每当我穿上球衣奔赴赛场时，总要深深地看它几眼。

靳爷爱给孙子们抖落他自己知道的
故事，燕子李三、花脸金
少山等等，讲到精彩的地
方还是"地道地道"俩字不离
手口。
靳爷的"地道"
戊戌年中秋海方画

靳爷的“地道”

“地道”，在北京的土话里是评价用语，不过，词义带着点儿吹捧的意思。

“地道”这两个字，从北京人嘴里说出来，要甩出一个尾音儿，听着才亲切、悦耳，那股子韵味，够让人咂摸一阵子的。

“地道！”胡同里的靳爷，常把这两个字挂在嘴边儿。

靳爷光棍儿一人，在三轮车社当“板爷”。他的板车与众不同，从车架到挡泥板都用砂纸磨得锃亮，像是镀了层铬，车的尾部挂着两个紫铜的铃铛，蹬起来带着响儿，透着威风。

老爷子对车格外珍爱，每天总要把车擦得一尘不染。一早一晚，人们总会看到他猫着腰躬着身，眯细一双小眼，用砂纸一下下地打磨车身，那神情如同一位驭手在抚摸心爱的马，目光里倾注着无尽的情愫。

直到有人凑上前来，赞叹一声：“嘿，您这车擦得真地道！”他才停下手，直起背，充满激情地望着说话的人，然后朗声笑起来，好像他单等来人说出这句赞语似的。

夏天的夜晚，北京的小胡同是迷人的。吃过饭，靳爷便沏上酽酽的茶，手里摇着把蒲扇，坐在他的那辆板车上纳凉。

这时，喧闹的孩子们便会围上来。你一把我一把地摸他的大肚子：瞧呀，真凉，真硬！这是靳爷的绝活儿，天气再热，即便他脑门子冒汗，可那圆圆鼓鼓的肚皮却是冰凉的。

靳爷练武术，会气功，丹田气足。他敞开布衫，任孩子们在肚皮上摩挲，不觉痒，不觉疼，脸上流露着得意的神色。

孩子们摸够了凉飕飕的肚皮，便让他抖落那里边的玩意儿。他知道的事真多，什么燕子李三隐身窃宝啦，什么花脸金少山一嗓子震掉房上的瓦啦，什么高亮赶水救北京啦……

讲到精彩的地方，“地道”俩字不绝于口，那个“道”字，像炒豆一样迸出来，脆生，浑厚，也糅着绵软，和缓，带着股子散漫劲儿。

高兴的时候，靳爷还要唱几口儿。戏词不多，嗓音却豁亮，如黄钟大吕。

假如这时有人来一句：“这嗓口真地道！赛过谭富英。”他会嘿嘿一笑：“您过奖了，我这是地道的‘痰’派。”

说这话时，他脸上挂着抹不丢的[1]作相儿，却乐得一宿合不上嘴儿。

“地道”，胡同里的都这么称呼他。直到如今我也只知道他的姓，而不清楚他的号，唯独“地道”这两个字牢牢印在脑

① 抹不丢——北京土语，不好意思，难为情的意思。

子里。

在靳爷看来，北京人都该配得上“地道”两个字。那些年，街面上还少见“的士”，谁家有急事，往往为找辆车“转腰子”。

但是，只要靳爷的板儿车停在门口，胡同里的人就会觉得心里踏实。甭管什么钟点儿，只要张口，他不会有二话，蹬车就走，哪怕他身子骨不舒坦，也绝不让您失望。

完了事，只要您恭维他一句：靳爷这人可真地道！他听了要比喝上二两“二锅头”还痛快。

脸面。靳爷把它看得比金子更贵重。

那是一个雨夜，胡同里的积水没了脚脖子，靳爷的板儿车不见了。

他拧着眉毛，站在雨地里发愣。整整一宿，人们看他的小屋亮着灯。

车是靳爷的眼珠子呀！

“谁呢？这么不地道！”第二天一大早，同院的邻居替老爷子鸣不平了。

“哎，可别这么说！”靳爷最忌讳在“地道”这俩字的前面加否定词，那不是等于打人家的脸吗？

事后，胡同里的人才知道，他的板儿车让修下水道的工人临时蹬走，装工具去了。

他听了，脸上没有流露愠怒，反倒哈哈笑着说：“地道！”好像人家帮了他一个大忙。

靳爷的脸上总是写着“快活”二字，仿佛人的地道是跟乐子连在一起的。只有一次，我看到他的晴朗脸上出现了阴影。

胡同里有位姓唐的老太太，年轻丧偶，守寡几十年，一直孤身独处。一天晚上，她的心脏病犯了，靳爷蹬车把她送到医院，一直守护到次日清晨。

这以后，靳爷几乎每天都往医院跑，还把积蓄翻出来，买了许多补品……

一天，我放学回家，看见胡同口儿有几个老太太聚堆儿聊天，我走过去听了一耳朵：“哼，八成是惦记上人家了吧？”

说这话的老太太姓李，嗓门又细又尖。“瞅表面是个好人，敢情心里头那么不干净。”

“这人可真不地道。”另外一个老太太显得挺气愤。

她们这是数落谁呢？不地道？我猛地想起靳爷，心里像是扎了刺儿。

大概这些闲话传到了靳爷的耳朵里，那天，他蹬车从我身边过去，我喊他，他像是没有听见，默默地走了。背影那么沉重。

晚上，靳爷没有出来擦车，也没有在门口摆“清音桌”。板儿车孤零零地停在柳树下，孩子们一下变得乖了，胡同显得格外安静，只有柔长的柳枝瑟瑟低语。

我悄然踱进靳爷住的院子，他的小屋亮着幽暗的灯光，从门缝里传来低沉而苍凉的戏文，甩着悲腔。

我扒着门缝往里瞅，只见他独自坐在一张小方桌前喝寡酒，桌上摆着两碟小菜。昏黄的灯映照着他刻满皱纹的脸。

我第一次发现他是那么苍老。他的耳朵真灵，似乎听到了我不均匀的呼吸，回过身来看着我，蔼然地笑了：“来吧爷们儿，进来喝两口儿。”

他举着酒盅招呼着我。我迟疑地望着他。他嗯了一声说：“进来吧，不喝也别在外边呀！”

我鼓起勇气，坐在了他的对面。

“靳大爷，怎么今儿晚没出门呀？”

“哎呀，瞧我净顾了喝闷酒，忘了给你们讲玩意儿啦。嗨，真哪！”他轻轻地拍了一下大腿，眯起了眼睛。

他的脸有些浮肿，眼皮下坠着两个肉袋子，是喝了酒的缘故，脸很红。

“您碰到不顺心的事了吗？”我嗫嚅问道。

“不，不！”他摇摇头，凝视着我说，“有什么不顺心的呢？日子过得挺好。”

过了一会儿，他把我拽到跟前，两眼闪动着奇异的光亮，死死地凝视着我。这眼神让我有点儿胆儿小了。

他看了我有三四分钟，突然嗓子有些哽咽地问我：“孩子，你说句心里话，你金大爷这人地道不？”

我蓦然看见他的眼里，汪着混浊的老泪，一种奇异的念头，猛然地撞击着我的心扉，我大声说：“您？当然地道。您是地道的北京人！”

他仿佛被什么蜇了一下，猛然站起来，脸上闪动着幸福的光彩，大手抓住了我的肩膀。

我没想到老爷子会从我的这句话里，得到这么大的欣慰。

唐老太太出院了，靳爷的脸又如先前那样有了光泽，有了欢笑。他在门口的柳树下，放开嗓子讲故事，唱戏文，一直到上弦月斜挂在柳树梢头。

不久，我中学毕业，到离城很远的一家工厂当工人，平时住厂，很难再听到靳爷那动听的故事和那响亮的口头禅了。

春天，胡同里的柳树枝条吐出鹅黄的嫩芽，在和暖的微风里婀娜摇曳。转眼，浅黄的柳花结子成絮，白色的柳絮在空中飘飞。偶然间，我觉得柳树下少了点儿什么，再一想，是靳爷的那辆板儿车。

靳爷呢？

晚上，我推开那间小屋的门，里面黑洞洞的，没有声息。一个可怕的念头攫住了我。难道老爷子……

朦胧的夜色中，月的清辉浸透了柳条，在干净的路面上映出它沉实的影子。柳丝吐出阵阵清香，使我心中涌动的那种凄迷恍惚的情思，在这温和明朗的夜光里飘逸。

隐约看见柳树下伫立着一个人，凉爽的微风掠动头上银丝，安详静穆地凝望着深邃的苍穹。这不是唐老太太吗？我轻声地叫着她。

她猛然一惊，扭过脸来望着我，眼里盈着怅惘。

“您知道靳大爷上哪儿去了吗？”我很冒失地问。

她垂下眼帘，沉吟半晌，哽咽地说：“他已经走了，走了……”

“什么？”我吃了一惊，这真是太突兀了，我简直不敢相信自己的耳朵。

“好人哪，他可真是地道的大好人呀！”唐老太太喃喃自语，仿佛给逝去的人盖棺定论。

靳爷是蹬车给李大妈拉电冰箱时犯的病，脑溢血，没有抢救过来。

李大妈，不就是那天在背后数落靳老头的那个老太太吗？我回想起当时她说靳老头不地道的神情……

柳絮在微风中飘舞翻飞，轻柔的晚风拂动着依依柳丝，低低絮语，似乎在讲述着一个不曾忘记的故事，似乎在告慰一个远去的灵魂，似乎在意味深长地默念着“地道”两个字。

放血的冲动，他嗓子的确很地道
他把他内心的忧愁、哀怨、狂燥、渴望、
用自己的演
唱得以充
分的表达
了出来并抚
慰自我的心灵
与不
安。
左封
戊戌
年深秋夕

放血的冲动

“没什么可说的了，明天或后天就动手。都准备好了，你肯不肯帮我这个忙？”

他神情沮丧，拿烟的手哆嗦着，嘴里喷出一股难闻的酒气。

“你再想想，非用菜刀解决问题吗？”

我凝视着他发红的眼睛。

“唉，我已经想了几个晚上，不在他身上放点儿血，实在咽不下这口气！”

他长长地叹了一口气。倔强的下巴像石头一样坚硬，眉心堆起一座山峰，红红的，如同将要喷发的火山。

我无望地摇摇头，苦笑了。

他显然已下了最后的决心。我似乎无力挽住这匹脱缰的野马。他是我的朋友，遇到这样的事，总不能袖手旁观。

“我陪你出去走走好吗？”

他点点头。

此时此刻，他需要心灵的抚慰。我不能给他拱火。

二月的夜晚，春寒料峭，清冷的夜空，有几颗星辰闪烁。

昏黄的路灯，拉长了我们的身影。冷风吹乱了他的头发，蓬蓬松松，像一堆干柴。彼此的心境，如同一池沉静的水，被突如其来的疾风吹皱。

他抱怨多少回了，这辈子命苦。三十五岁，似乎走到生命的尽头。活着，咂摸不出什么味道。

两岁的时候，小儿麻痹症使他落下一只跛脚，命运注定他该端起一杯青春的苦酒。多少个美妙的梦，随着年龄的增长，一个一个破灭了。

终于，爱神冲他微笑一下，机缘巧合，他找到了一个容貌娇美的妻子，她心地善良、贤惠淑雅，给他的生活带来和煦的春风。

仿佛命运跟他开玩笑。五年前，他与妻子刚刚度完蜜月，妻子出了车祸，那条玉笋般的腿被厄运夺走了。

妻含泪说，我们分手吧。他哭成泪人，把妻子紧紧搂在怀里：别，别……他心里没有一丝怨悔。爱是无形的线，把两颗心紧紧拴在了一起。

他不该诅咒命运。妻子是多好的一个人！可是这么好的人，如今竟受到了凌辱。他心中的玫瑰遭到了玷污。

妻子不敢声张，因为那个人是她的顶头上司。一次、两次，直到有人发现并把这事张扬出去。这以后，妻子向他端出了实情。

妻低低啜泣，眼泪也许是在向他表白忠诚。他了解妻，妻不会背叛他。为此，妻子很沉痛，病了很久。

明天，妻要上班。那小子的无耻嘴脸依然抹着珍珠粉蜜。他承认自己平时窝囊，但这一次他要让人们知道一下，他也是条汉子。

他要用拳头、菜刀证明自己的力量。一切准备就绪。剑已拔出鞘。他恳求我能助一臂之力。

“不能通过组织解决问题吗？”

“那人是厂长，我还能找谁？再说这事张扬开，对谁都不利。只有让他尝尝皮肉之苦，别的没用。我不想咽下这口气。不能吃这哑巴亏。”

他只相信拳头的力量。

“打他一顿就解了气？”

“起码心里痛快一下。”

“假如他反过来，要把你打了呢？你没想到后果？”

我望着他单薄的身体，怀疑他真碰见那人，能否下得去手。

“我想多找几个朋友帮忙。”

“我劝你还是想个别的法子，假如你想真正解决问题，你可以找他的上级单位，这种人怎么能当头儿呢？我到时给你写状子，怎么样？”

“难道就这么便宜了那小子？我咽不下这口气。真的！事儿没出在你身上。”

他脸上的表情极为痛苦，我对自己的说教已失去信心。再动听的语言也无法平息他心中的怒火。我实在不希望看到那场见血的恶斗。我担心这颗脆弱的心，无法承受这种厄运的打击。

想个什么法子呢？的确，朋友出了事，我不能袖手旁观。

我们沿着马路往前走。空旷的夜空传来悠扬轻快的乐曲，优美的旋律使我和他为之一振。一家卡拉OK歌舞厅的门前，停着许多自行车，彩色霓虹灯在星空下闪耀，打扮入时的青年男女进进出出。

“我们进去坐一会儿好吗？”我提议。

他同意了。

舞厅里灯光奇幻，迷你彩灯在不停地旋转。我们找了个位子坐下，要了一杯饮料，相对无语。

舞台上一个姑娘在浅唱低吟，动情动容，她唱的是一首叫不上名的港台歌曲。

他默默地听着，台上姑娘的歌喉吸引了他，他一动不动地望着她，完全被那首歌曲打动了。彩灯照过来的瞬间，我发现他的眼里噙着泪。

我想转移他的注意力：“你也上去唱一首吧，我记得上学的时候，你可是个小夜莺呢！”

他没有动，依然沉浸在那感伤的旋律中。

我终于上台，拿起了麦克风。我用一首流行歌曲的音调，自编了几句词，唱了一段。

有人鼓起掌来。我说，我不过是随便唱唱，给大家助兴。这里，我要告诉大家，我带来一个歌喉赛过刘欢的朋友。我把麦克风拿给他。

有人叫起好来。他被我将在那里，停了半天，才迟疑地接过了麦克风。

他的嗓子的确很地道。他唱的是哀婉动人的美国歌曲《老人河》，举座的掌声使他感到兴奋。

他又一连唱了几首，并用莫扎特的《第四十交响曲（b小调）》哼唱了自己现编的两句歌词：为什么我此刻这么忧郁，有谁来抚慰我的心灵。

他反复吟唱，尽情倾吐内心的忧愁、哀怨、狂躁、渴望。随着跳动的音符，他不安地甩着蓬乱的头发，悲怆感人。

在一片狂呼和掌声中，他回到了座位上。我递给他一块手帕，让他擦去脸上的泪痕。

回去的路上，我们谁也没再说话，脑子里仍回荡着音乐的旋律。

在我的小屋，我又打开了录音机，是西贝柳斯的《忧郁圆舞曲》、小施特劳斯的《蓝色多瑙河》。

他没有跟着唱，只是在静静地听，陷入深沉的遐想。他没有再提起拳头和菜刀的事，妻子和那个人都已经远他而去。

我给他讲了个故事：小施特劳斯和他的父亲约翰·施特劳斯之间，曾有过一场积怨。老施特劳斯一直不让儿子学音乐，逼他学商业和银行业。

当小施特劳斯违背父亲的意志，学有所成，独立举行演奏会的时候，老头子竟然让他的经纪人赫希，带着一伙人去起哄捣乱。

小施特劳斯在演奏第一支圆舞曲《母亲的心》时，嘘声和倒彩声被经久不息的喝彩声压倒。接着，《理性的诗篇》又使听众如醉如痴，连赫希也情不自禁地鼓起掌来。

最后，小施特劳斯突然演奏起父亲创作的最负盛名的《莱茵河畔的迷人歌声》，轻柔的音乐在夜空回荡。仿佛诉说儿子祈求父亲宽恕的心情，听众无不热泪盈眶。后来，他与老施特劳斯终于和好……

他听着迷人的乐曲，听着施特劳斯的故事，脸上的阴云渐渐散去。

这以后，他似乎把什么都忘了，脑子里只有音乐。我陪着他又去了几次卡拉OK。

一个星期以后，他找到我："帮我写份'状子'吧。"他是让我写举报信，我答应了他的要求。

事情并不是像他先前想的那么糟。上级单位接到了这封"状子"，经过调查，终于对那个人做了严肃处理。

"还是这样解决好。"事后，他找到我说。

我望着他那又重现光彩的眼睛，用低缓的语气对他说："人在突如其来的打击、挫折和痛苦面前，心理一下子倾斜了，感情容易脱缰。这个时候千万要记住冷静是最好的良药。要学会转移感情，通过自我调适、自我控制，从痛苦和愤怒中走出来，寻求妥善办法。俗话说，‘退后一步，海阔天空’，假如当初你动了菜刀，今天又会怎样呢？”

他笑了，望着窗外蓝蓝的天空，喃喃地回答：“是啊，人何必和自己较劲呢！做人的学问太深了。”

云山的磐脸、
真让云山感到痛苦的不是让屁股上挨了几刀，而是毛料裤子毁了
您可大街上找找，中学生有几个能穿这裤子的，这裤子上洞还一挂血痕像一个个大眼珠子瞪他，他觉着这是在潮讽他那
海方画

云山的整脸

一

云山，小子混壮了。西服革履，名牌儿。将军肚，挺着，分头锃光瓦亮。

“奥迪”的车门开了，他从车里迟缓地下来，胖得像灌肠似的手，拍着我的肩膀，俨然土豪的派头。

烫金的名片递了过来，一看：总经理。我仰视了。

他的身子的确放了肉，一笑，下巴颏成了双的，眼睛下面坠着肉袋子，福相。的确富态。

我们是同学，尽管不是一个班的，同年级。但此时，看上去，他要大我二十岁。不虚，他像港台的阔老板。

“奥迪”的门又开了，探出一个靓脸，颜值有九十分，眉眼含情，像花，挺水灵，撑死了二十岁。

“忙，业务太忙。”云山挤出个浮浅的微笑，脸上的肉堆了起来。虚，我觉着。

“洋事儿，您是经理了。”

我被他的虚笑牵动了神经，赔着笑了笑。也挺虚。

“不是洋事儿，合资的，子公司十个，资产一个亿。”

气吞山河！行，云山，出息，真出息了！

“同学里，你拔头份了。亿万富翁！”

我啧啧两下，再次端详眼前的这位“爷”。

“小生意，小生意。”

“资产一个亿还是小生意？照你的心气儿，要当大陆的李嘉诚？云山呀，跟我还来这个？”

我烧了他一句。

“事业刚开头，抽空到我的别墅去住两天，美，景儿很美。三千五百万投资。”

他这回笑得很得体，也很得意。

老实说我有点儿蒙。暴发，他一定是暴发！我不明白他靠什么发起来的？云山，我真得高看他了！

脑子里转悠着，转悠着。眼前浮现出二十年前的云山。

二

那时，他家很穷。穷，云山却总穿得体面。

穷与富，往往从穿戴上露相，云山那当儿就懂这个。

记得头一次见云山，他跟我叙家谱，父亲是“高工”，高级工程师！母亲是“教授”，他家住着洋楼。

他怕同学去他家。我们以为他家门槛高，毛头小子，鞋上的尘土会脏了他家的地毯。

后来，他母亲给他露了馅。老人家跑到学校告状，大家才知他母亲是教授家的保姆，他父亲是建筑公司的架子工，他家住的是一座洋楼后面的小平房。

这成了同学之间的话柄儿。可云山有高的，他的解释是，架子工嘛，成天价高空作业，自然应该叫“高工”。母亲嘛，教授家的保姆，说教授是一种省略，当然，住洋楼后面的平房，也是省略。

其实，他大可不必如此玩这虚的。因为那时，架子工比高工吃香，保姆也不比教授矮到哪儿去。我弄不明白他为什么弄这假招子，跟我们虚晃一枪。

及至他母亲到学校，数落他的那点儿德行，我才知道，他是怕人看不起他。当时，他正玩命追班里的一个女生，那女生家正好是高工。

云山的母亲倒是个厚道人，说起云山，掉了眼泪。

为了买一双皮鞋，云山给老太太跪了一晚上，弄得老人家拿出了压箱子底的钱。

皮鞋，亏云山能想得出来。二十世纪六十年代，国家主席平时都穿布鞋，他却非要穿皮鞋？衣服要毛料子的！钱，老太太上哪找这笔钱去？

云山给他妈跪下了。老太太寒心了，扑腾，给云山跪下了。云山和母亲双双跪了大半宿，为了一条毛料裤子。

老太太找老师诉苦。老师，当时的老师自身难保，哪敢管这个，陪老太太掉了几滴眼泪。

忘本了，云山呀，忘了工人阶级的本色。老师不敢这么说，老太太说了。

云山的母亲实在不理解儿子。儿子当然也不理解母亲：假如我老爹是高干，我不至于这么丢份儿！

云山的确丢了份儿，被他穷追不舍的那个女生，自从老太太到学校告状，发誓不再理云山。

其实，她压根儿就没看上云山。云山，一厢情愿，太自作多情了。

三

堤内损失堤外补吧。云山开始上大街拍“婆子”。当然，他是穿着皮鞋和毛料裤子上街的。

毛料裤子是他借钱买的，老太太哭了半天，最后还是把一个月的薪水，交派给这条毛料裤子了。

拍“婆子”得有胆儿，所谓“婆子”，用现在话说是小妞儿。当然，拍的主儿得挑着漂亮的下手。

云山的资本是胆大。碰上可心的，他敢舍生忘死，自然，他也有栽跟头的时候，但是他会圆场。

他嘴皮子上的功夫不软。出了家门，他敢说是部长的儿子，信不信吧？反正他穿着皮鞋，裤子是毛料的，先蜇你一下。云山懂得用“金钟罩”麻人。

一九六九年的冬天，北海公园门口扎伤了一个学生，事儿不大，闹哄了一阵也就过去了。那当儿，这种事儿也不会登报。

学生、大人们都忙着搞“阶级斗争”，顾不了这帮学生群里的小玩儿闹。学生，我说的是中学生，之间打群架是常有的事儿。

这个挨扎的学生，就是云山。起因是为了一个“婆子”。

云山不会滑冰，但他要去北海或什刹海冰场，那儿盘儿靓的“婆子”多。

他每次去冰场，似乎不是为滑冰，而是为过眼瘾，有时连冰鞋都不换，眼睛在冰场上扫描，看漂亮的女孩子滑冰也过瘾。

当然，他去冰场，不能两手攥空拳。他忘不了带着冰刀。冰鞋是借的。

终于他在北海的冰场，瞄上了一个小妞儿。

小妞儿换冰鞋的时候，他走了过去：“嘿，交个朋友吧。我送你回家。”

那时，大凡中学生拍“婆子”，都是这种殷勤状。北京话叫“套磁”。

那女学生跟他怎么谈的，我就不知道了。

云山没想到会让这个盘儿靓的“婆子”给涮喽。两个人有说有笑地出了北海公园，在无轨汽车站等车时，云山才知中了计。

过来五个小伙子，也是中学生，穿着军装，甭问，是“大院”的。

“大院”指的是部队宿舍大院。“大院”的孩子打架心齐，手黑。

云山见那么多眼睛瞪着他，心里含糊了，腿也跟着打了软，但是他却要当英雄，尤其是在“婆子”面前。

“他要跟我那个。”女孩子先跟这几个男生报了警。

五个小伙子对视了一下，打马扬刀走了过来。

“哪儿的胡同串子？”话挺愣。

云山开始向后躲。他知道当英雄要付出代价，悲壮并不是任何人都能表现出来的。

一个小伙子的手伸进了背着的“军挎”，另一个早已把一把军刺亮了出来。

云山手里拿着冰鞋，冰刀也能抵挡一下，但是他的胆气，让那雪亮的军刺吓没了。

军刺在昏暗的灯影里闪了几下，云山趴下了，屁股、大腿，不知挨了多少刀。

“大院”的孩子还算局气，没朝云山身体要害部位下手。

云山的屁股、大腿一共缝了三十多针。痛苦，丧气，晦气。出了医院，他还惦记那小妞儿，尽量往好处想。

他给自己设计了几个“也许”：也许那小妞儿跟那几个“孙子”不是一路？也许在乱打时，那小妞儿帮了他一把。被捅倒在地，谁把他送到医院去的呢？也许是那小妞儿。

小妞儿长得实在美，美的东西不能用手掐，要用真心去爱，他应该再去趟北海，也许能跟那小妞儿撞上。

情，感情这玩意儿也挺有趣，总得有点儿故事点缀着。他想到了花前月下，想到亲吻，拥抱。

那小妞儿一定挺温柔，像谁呢？不应该像王熙凤，而应该是林黛玉。他断断续续看过《红楼梦》，只记得里头有这两个美女。

四

真让云山感到痛苦的，不是屁股上挨了军刺，而是毛料裤子毁了。

裤子是毛料的，可大街找找，中学生有几个能穿这裤子？裤子上的洞还挂着血痕，像一个个大眼珠子瞪着他，他觉得这是嘲讽。

他掉了泪，后悔当初应该跟那几个小伙子商量一下，先脱了裤子再挨刀子。晚了，云山瞅着裤子运气。

云山成了“英雄”。他行，真行。激战的场面，让他描绘得十分壮烈。

他只身一人与五个人对打。那五个人，被他形容成“老三届”的学生，个儿比他壮，手里都拿着刀。

而他，赤手空拳。面无惧色，一拳下去，把一大个儿打得满脸花，接着是一脚，踢在另一个人的“命根儿”上，然后，他夺过了刀，扎躺下一个。好汉难敌双拳，他没防备背后有人下了手……

“为了一个‘婆子’，嘿，那是盘儿多靓的‘婆子’呀！身上挂了花，他妈的，值，值啦。”

他说得那么真实，由不得谁不信。

“哥们儿真行。”有人夸云山。

云山拍了胸脯：“那‘婆子’服我了。小妞儿真可爱，明儿带来，让你们开开眼。”

众人笑了：“云山，那你还得备条裤子才是。”

云山不言语了。他没了底气，上哪儿淘换条毛料裤子呢?

云山始终没再找那个妞儿，他不想再挨军刺。当然，大伙也不再提这个茬儿，因为云山的话，人们只能当笑话听。

这就是当年的云山。怎么能把他跟二十年后的这位亿万富翁联系起来呢?

我忍不住又多看了云山几眼。

“我办公地点在钓鱼台宾馆。有空儿坐坐，看看我的公司。”

云山又把胖手递给我，我们握了一下。

靓女在“奥迪”里着急了，“密斯特王，快点嘛。”娇声娇气的，听着，身上直起鸡皮疙瘩。

云山转身走向“奥迪”，身板挺直，西装衬出虎背，分头在阳光底下挺耀眼。

范儿，体面，谱儿大了。云山真是出息了！我暗叹。

五

同学里混出息的不多，日子，人到中年后才品出里面的滋味，平平淡淡才是真。都是凡人，谁也不比谁多出一个脑袋。

从青年到中年，只是眨眼的工夫，瞬间，才觉出自己大了，老了。像杨树，四月的小风一吹，杨花的穗子就变成了叶子。

一天，几个老同学碰了面，自然要找个饭馆聚聚。酒人热肠，各自生出些慨叹。不能总这么混日子，该干点事儿。

有人提议该把老同学聚到一起，成立个同学会之类的，每年定期聚聚，互通一下信息，干点什么。

信息时代，这种沟通不能说没必要，人在世上，相互间总有搭把手的时候，何况是老同学。

于是开始排列名单，各自在记忆中搜索。二十多年了，名字有的也记不太清，有的只能记住外号，大家第一个便想到了云山。

我找出了云山留给我的名片。

“该找找他。亿万富翁了，拔根毛，就够我们扑腾几年的。”有人说。

“我去吧。”我自告奋勇。

“你去准行，当年你跟他是莫逆。”

我答应下来。

接着大家开始描绘同学会的前景：只要云山伸一下胳膊，准能搞出点名堂。希望，大家抱着希望，碰了碰酒杯。

找云山并不费劲，名片上写着他的公司在钓鱼台宾馆的房间号。

我推开了房门，写字台后面坐着一个秀发披肩的靓女，模样儿很熟，我记起那辆黑色的“奥迪”。

“您是密斯特王的老同学，没错儿吧？”

她的媚眼在白皙的脸上跳了跳，唇边漾出笑纹，蔼然而不失几分傲气。

“是。”我点点头，同时环视了一下本来应是客房的办公室。我在找云山。

“您是……”小姐的柔声细语里发出疑惑。但没有让我坐下来的意思。

“噢，我找你们经理。”

“经理，他出国了。”

行，云山，买卖做到国外去啦。我暗忖。

“他大约什么时候回来？”

“要等一个月吧。去美国了。”

“嗯。这小子真行，美国。”

我情不自禁把这句话说了出来。

“您找他有事儿吗？我是他的秘书，您可以……噢，有急事的话，跟我说。”

“嗯，急事儿，不不，没什么急事，我们几个老同学，嗯，对，想请他加入我们刚成立的，不不不，是正在筹办的同学会。”

“您说什么？找他，参加您的同学会，他会跟您是同学？”

“是呀，二十多年前，我们是挺要好的同学。”

“您搞错了吧？我们经理已六十多了，会跟您是同学？”

“啊？”我愣了，“你们经理不是云山，王云山吗？”

小姐哈哈笑起来，有些失态。我愕然了。

“王云山怎么会是我们经理呢？他是给经理开车的司机。”

“什么？”我觉得后背挨了一鞭子。

“他前些日子偷了经理的钱包，这会儿正坐班房呢。”

小姐陡然变了脸。

我的脸比她变得更难堪。什么叫呆若木鸡？这条成语在我这儿找到了注脚。

靠人儿、菱子他爸
每天下了班不是往床上一倒
就是摆弄笼子里的百灵。
戊戌年中秋古海书写

靠人儿

一

菱子妈每逢见了我，总有点儿抹不丢的。想笑，又挤不出笑模样，想说话，又张不开嘴，眉眼别扭着，使本来并不顺眼的那张脸，又添了点彩儿，瞅着让人心里硌硬得慌。

其实，我并没得罪过她，这一点儿，她心里比我更明白。我曾经救过她，假如她不顾及体面的话，她应该谢恩。

但是，正因为我救过她，她心里长了草，我心里也添了病。通过那次救她，我把男人和女人之间的那点儿事看得更清楚了。

菱子妈比我大一轮。她结婚早，十八岁就有了菱子，菱子下面还有一个弟弟，叫葵子。事情的起因就出在葵子身上。

葵子两岁时，菱子家搬到了我们家住的这个大杂院。大杂院本来并不杂，是独门独院的小四合房，房主是个老中医。

老中医“文革”时，遇到点儿麻烦，据说他年轻时，曾经给宋美龄看过病。

到底真看过，还是假看过，谁也说不清，通常这种事儿，在个人档案的履历表上也找不到。这事儿是老中医自己说出口的。

也许是老中医为了给自己扬名，自然，宋美龄不是一般草民。能给宋美龄看病，当然，医术上得有两下子。

老中医本来好吹，但是他没想到吹错了点儿，就凭他给宋美龄看过病，“文革”时，被抄了家，还挨了一顿皮带。

他的损失不仅仅是皮肉受了委屈，那套独院也跟着充了公。很快就搬进了三户“红五类”。以后，又滚开了雪球，分化瓦解成七八家子人家。

其中一户住着又嫌小，房子还没住热乎，就张罗着换房。

那会儿，房管所的权力很大，一句话，又单另给他找了更大的房子。空出的那两间房，我们家搬了进来。以后，老中医仙逝，菱子家才过来。

菱子妈个子不高，年轻那当儿，眉眼还顺溜，她的眼不大，往里眍眍着，看人的时候，喜欢抬起眼皮，眨一眨，眼睛里的眸子便放出灼人的光来。

她爱笑，笑意里糅着几分媚态。她动人的地方是那张小嘴，嘴唇薄薄的，像熟了的樱桃。

如果说眼睛是心灵的窗户，那么嘴就是性格的镜子。画家都知道，画人要画出性格，必在嘴上下功夫，如果你留神观察人的嘴唇嘴角，每一个细微的变化，都能反映出人的复杂的心理活动。

菱子妈的这片嘴，张开说话的时候不多，自从搬到我们这个院，她很少跟邻居们往近了走。

都在一个院住着，打头碰脸的，张家有点儿什么事，很快就会传到各屋，女人们在一块儿，难免没有拉舌头扯簸箕的时候。

可是菱子妈却很少跟人掺和，街坊四邻见了面儿，点点头，问一句："吃了吗？"或是微启朱唇，嘴角漾出一些笑纹，也算是打了招呼，显得有点儿臊眉耷眼。

二

菱子妈在胡同口的副食店当会计，菱子爸那当儿是运输公司的装卸工。

副食店离家较近，菱子妈白天在班上，上厕所的工夫，都可以绕道儿回家看看。而菱子爸却经常跑长途，有时回不来，就在外面过夜。这就给菱子妈"靠"人创造了许多机会。

我那时已参加工作，单位离城里远，一星期回来一趟。回家的时候，常听妈跟同院的李二嫂嚼舌头根儿，说菱子妈"靠"着人，三天两头往家带。

她家的房门关得很严实，窗帘也总是挂着。这无疑愈加使院里的那些女人们感到挺神秘，当然，我听了这些，不会往邪处想。

菱子妈的微笑很自然，办事也不会让人感到不得体，我不能无端地怀疑她的人品。

再后来，听到的事有点儿离谱了。李二嫂观察人很仔细，她从葵子身上发现了棱缝儿：“我越看那小家伙越像那个‘黑’人，保不齐是他播下的种儿。”

“黑”人，指的就是菱子妈“靠”着的那主儿。

我妈不置可否地笑了笑：“有这么玄虚？”

李二嫂的嘴咧得像煮破了的饺子，露出两扇小门板似的白牙：“真。你瞧葵子的眉眼，多像他呀！八成他们腻了有年头儿了。”

她像是手里拿着照片，在比较。

菱子妈“靠”的那个人，我在那档子事发生之前，从没见过。我有意看了看葵子，觉得眉眼很像他妈。

李二嫂的话听不得，女人们之间的事儿永远说不清楚。

菱子妈成了院里女人们的话柄，李二嫂不断提供新的情报，我为菱子妈提拉着心，因为我有一种预感，她要出事。

三

战争终于爆发，一开始是小打小闹。摔，菱子爸急了眼，好像家里的东西都不值钱。

后来发展到动手打，菱子妈像撒气的布袋，任菱子爸怎么摔，怎么打，总是不言声。

这种不抵抗，反倒更让菱子爸撮火，好像她逆来顺受，默认了她真有短处。

折腾归折腾，夫妻归夫妻。菱子爸打完了骂完了，也消停了。

外甥打灯笼——照舅（旧），两口子像先前似的恩恩爱爱，好像过日子必得演这出戏，才有乐趣，才有情致。让我不解的是烟消云散之后，那个“黑”人又出现了。

他究竟在扮演什么角色呢？难道是为了让菱子妈又挨打？

菱子妈，谁也不能说她不贤惠。每天老早起来，给丈夫预备下洗脸水，接着到胡同口的早点铺，买回冒着热气的豆浆和油条。然后又归置屋子，伺候菱子上学、葵子上幼儿园。

她的勤快，她的利落劲儿，菱子爸挑不出眼来。菱子爸在家里，甩手掌柜似的，家务活儿一退六二五，油瓶倒了都不带扶的。

每天下了班，菱子爸往床上一倒，抽着烟，再不就摆弄笼子里的百灵，等着菱子妈把饭菜端上桌。

酒，是每顿饭少不了的，吃好，喝好，筷子往桌上一放，他便趿拉着鞋，到胡同口去打牌。一切都那么心安理得，好像他娶媳妇，就是为了能当大爷。

菱子妈从不向院里人诉说自己的委屈，家里不断发生战事，让她做人夹起了尾巴。

那些天，菱子爸阴着脸，见了面，跟他说话，他鼻子耸耸，哼一声，扬而不睬。我琢磨着他在憋雨。

四

菱子妈把事儿闹大发了。不知是谁，把她的骚事捅到了单位（我始终怀疑这事是李二嫂所为）。

单位的头儿对这种事儿，向来不护短儿，找菱子妈谈了一次话，想不到菱子妈把一切都和盘托出。

敢情那个“黑”人，跟菱子妈是同学，政治上有点砟儿，丢了正式工作，在一建筑工地当小工。

也许是始终恋着菱子妈，他一直独身。单位，那会儿也叫“组织上”，不想把这事儿捂住，找到了菱子爸的单位。

没有不透风的墙，尤其是男女之间的事儿。很快，菱子爸所在的运输公司都传开了：菱子爸戴上了“绿帽子”。

窝心。男人最难以做男人的，不是自己没本事，而是自己的女人“赐”给的那顶“绿帽子”。

丢人！菱子爸觉得媳妇给他现了大眼。他咽不下这口气，对付自己的女人，他自以为有办法。而这个办法简单实用，就是两个字：拳头。

菱子爸体格很壮实，干装卸的，整天扛麻包，他发愁的是有力气没地方用。他身上的疙瘩肉见棱见角，一般人不是他的个儿。他想找那个“黑”人，让他尝尝当麻包的滋味儿。

菱子妈嘴上像贴了封条，任丈夫怎么打，横竖不肯说出他住在什么地方。

菱子爸没了辙。打，看来拳头在感情的天平上，没有多少分量。他失望了。婚姻与拳头糅到一块，爱情就成了炸酱面。

我没想到菱子爸会对自己的老婆，这么下得去手。他，已经失去了理智。

人没了理性，还叫人吗？也许当时他并不觉得。这正是维护做人的尊严嘛。他以为。

那天晚上，天气很闷，像是要下雨，我躺在床上睡不着。黑暗中，蚊子在耳朵边上嗡嗡着。院子很静，没有一丝风。我摸着脑门子上的汗，渴望能听到雷声。

“雷声”响了，不是来自天空，而是菱子家的小屋。

重物击中玻璃的破裂声，像刀子在拉人的神经。响动越来越大。这日子不过了？我暗忖。搭这种街坊腻歪不？

好在邻居们已经习惯了。习惯成自然，菱子家的响动再大，也不会有人出来劝，大家都知道菱子爸的狗怂脾气。

这种事儿，的确让人为难。两口子打架，您出来劝，他会以为您是看热闹，再说，您劝谁呢？劝谁就是向着谁。

结果呢，人家两口子睡一宿觉，什么事儿都没了，您却落下了不是。邻居们哪个也不揣着明白使糊涂。

李二嫂可以在背后戳手指头；动真格儿，她历来往后缩。在大面儿上，她向来是明理之人。

“雷”越来越响。砸东西，先头听着像摔碎能发出声响儿的，后来就觉着不对劲了，那响声发闷，“嘭嘭叭叭”，一定是拳头或是棍棒在接触皮肉。我这样猜想，同时眼前幻化出菱子爸那令人恐怖的怒容。

接着传过来的是低声的啜泣，这种让人听着牵肠扯肺的哭声，伴随着菱子爸凶狠的言语，骂得不堪入耳。

渐渐地骂声平息了，哭泣声也听不到了，八成菱子爸累了，或是气儿已出完，住了手，我这样想。

我合上眼，尽量不去想这档子事儿，但是怎能不想呢？这就是婚姻吗？菱子妈到底出了什么碴口了呢？她不该放着好日子不过，去靠着那个“黑”人。

可是翻回头一想，她过的日子真是那么可心吗？于是我又想到了古今中外人们苦苦追求的那两个字：爱情。我糊涂了。

正在我糊涂着的时候，菱子家的小屋传出几声撕心裂肺的叫声，这声音在夜空里震颤着。

“救命呀！救命呀！我活不了啦。”

菱子妈扯着嗓子在呼救。这声音颤抖着，牵动着院里人的神经。

五

世界上也许最大的事，是出了人命。人们不希望生活中的这个小院，会出人命。何况人心都是肉长的，对于“同类”不能见死不救。

我第一个惊跳起来，顾不得披衣服，便冲出屋门，母亲也随后爬了起来。院里的其他屋也亮了灯。

当我急切地撞开菱子家的屋门时，眼前的景象使我感到心惊肉跳。

菱子妈披头散发，光着身子，两条雪白的大腿，被菱子爸粗壮有力的一只大手，抬了起来。

在灯光下，我看到菱子妈的阴部插着个什么东西。菱子爸喘着粗气，且另一只手在拿着那个东西，往里捅。当我看清楚那个棍子似的东西是擀面杖时，我吓傻了。

菱子妈的阴部淌着血……

一股愤怒的火苗燃了起来，畜生！我冲了过去，攥住了菱子爸的手。

“大哥，你怎么能……”

我气得一时不知该说什么。

菱子爸冲我瞪起了眼，那两只眼里冒出一股杀气。

“你们他妈谁也别管，她是我媳妇！”

“你媳妇也不能这样。”同院的老朱吼起来。

这一吼似乎给我壮了胆，我上前推了一把菱子爸，但铁塔似的他没挪地方。

他哈哈地狞笑起来：“我的媳妇，我的媳妇，谁他妈的管，我跟丫没完！”

他一边说，一边仍然用手拿着擀面杖，往菱子妈的那地方捅。

“妈呀！妈呀！”菱子妈撕心裂肺一般惨叫着。

我真急了，又一次抓住了菱子爸的手。

“你还是人吗！”我怒道。

“你丫说谁呢？”失去理智的菱子爸冲着我骂道，“活腻了是不是？”

“你先给我住手！”我没理会他。

“孙子！”想不到菱子爸骂了一声，突然从那地方，抽出了擀面杖，照着我的脑袋打过来。

我的身子向后一闪，那根带着菱子妈那地方的血的擀面杖，抽在了我的肩膀上。

我给了他一拳。他一急眼，于是扔掉手里的擀面杖，跟我扭打起来。院子里的人这时都上了手，有人拉我，有人拉菱子爸。

菱子妈被解了围。她还光着呢，立马随手拉过被子，把自己的下身围上。

“谢谢你们救了我！”菱子妈抽泣着给街坊们下了跪。

菱子爸被几个爷儿们劝到了院子里，我也镇定下来，肩膀头上挨的那一擀面杖，这时开始灼痛。

这场暴风骤雨一直延续到次日清晨。菱子爸骑车去上班，好像昨天夜里闹酒，酒醒之后什么事儿都没了。菱子妈却两天没出屋，她的脸被打成了紫茄子。

六

虽然差点儿出人命，虽然暴风骤雨挺吓人，但雨过天晴后，一切又恢复了往日的平静，不过心里的别扭劲儿，却一时半会儿过不去。

菱子爸见了我，脸阴得要下雨，即便走个对脸，他的眉毛也是拧着的。好像我们之间留下了什么过节儿。

我心里有些纳闷儿，难道我不该去拉他？假如我当时不去拉他，他会把菱子妈凌辱到什么地步呢？我的肩膀隐隐作痛，心也在作痛。

菱子妈见了我，脸更难看了。“紫茄子”过一个多月才还阳。

她的臊眉搭眼，我还能理解，人在任何屈辱下，也会顾及自己的脸面，但是我没想到另外一个问题。

还是那句话：两口子打架不劝，拉过桌子就吃饭。但凡“上讲儿”的话，总有一定道理，也许很多就是人生经验。

然而，我那时还没有这种阅历。“毛儿太嫩了”。事后，张二嫂敲打了我一通儿。

大约第四天吧，菱子爸妈挎着胳膊上街去了，尽管菱子妈脸上挂着彩，但笑得挺灿烂，好像是对院里人示威。

几天以后，我们单位的头儿把我叫到办公室。头儿的样子挺神秘，眼里露出高深莫测的目光。

“伙计，你该找对象了。”头儿是山东人，甭管男女老少均称伙计。

这句话把我问糊涂了。

“有合适的，您替我张罗一个吧。”我对头儿充满感激地说。

我知道他绝不会单为这个，把我叫到办公室。何况我的年龄和模样，还不至于困难到由组织出面找对象的地步。

“是得给你张罗一个，伙计，省得你大晚上的‘闹春’。”头儿递给我一支烟。

我愣了：“您这是什么意思？”划着的火柴差点儿没燎了我的眉毛。

“怎么，你还想让我挑明了吗，伙计？”

“您还是挑明了吧，我真不知道您说这话，是什么意思？”

“你说你挺漂亮的小伙儿，怎么能干出这种……下作的事儿来？嗯，我话糙理不糙，伙计。”

“等等吧，头儿，您这话里可带着刺儿呢，扎人！”我拦住了他的话。

头儿吐出一个烟圈儿，然后用手一挑，飘忽不定的烟圈破碎了，变成淡淡的烟雾，在我的眼前袅袅散去。

“说吧，看那玩意儿过瘾是吗？”头儿摇了摇脑袋，嘴角儿翘了起来，又吐一个烟圈儿。

“您说的这是哪儿‘焊’哪儿呀？”

“还跟我装着玩是吧？伙计，人家可是两口子一起来的。说你黑经半夜的，跑人家里看……噢，当时那女的光着身子，知道吗？人家可是告你窥视他人阴私罪哩。”

真是当头一闷棍，我当时差点儿没背过气去。想不到，绝对没想到，菱子爸和菱子妈会给我来这手？

说句不屈心的话，菱子妈挨打时，确实光着身子，而且那地方插着擀面杖，可当时我是冲着她的光身子去的吗？

我被人在背后咬了一口，而且这一口血淋淋的，带着牙印。

多少年以后，我一看见带血的东西，就会联想到菱子妈插着擀面杖的那地方淌出的污血。我会情不自禁地倒起胃口，想吐。同时，耳边也自然会隐隐地响起菱子妈撕心扯肺的尖叫声：救命呀！救命呀！

我真的是去救命，可得到的是什么呢？

受了这个“窝脖儿”，我对菱子妈刮目相看了。谁说这个女人，不懂得珍惜自己的脸面？

七

自从有了这个碴口儿以后，我开始懂得什么叫“防人之心不可无”了。

菱子家的小屋，并没有因为咬了我一口而安宁。在以后很长的一段时间里，那个小屋不断上演着各种悲剧，也时常在深更半夜，传出菱子妈呼喊救命的尖叫，但是谁还会舍脸相救呢？人们，也包括我，只当那是一出恶作剧。

事实上，也确实像“演戏”。因为甭管那间小屋怎么折腾，甭管菱子妈怎样呼喊，第二天，一切照旧，菱子妈依然上街去买油饼豆浆，伺候丈夫吃早点。菱子爸依然会迎着朝霞，推车去上班，好像什么都没发生。

有时这两口子夜里吵闹得很凶，弄得一院子人都陪着“享受”这种噪声的刺激，而对此心生愤懑的时候，令人难以捉摸的是，人们很快又会看到这两口子挎着胳膊，出入于院子里。

婚姻，就是这种像小孩子闹着玩似的人生历程吗？我越来越感到糊涂了。

最让我难以理解的是，菱子妈后来把那位“黑”人请到了家。当着菱子爸的面，毫无顾忌地有说有笑。

而且不可思议的是，有时晚上，菱子爸一人到外面遛弯儿，把那张双人床，给菱子妈和那个“黑”人腾出来。他表现得是那么宽容大度。

菱子爸不再打菱子妈了。他好像打累了，也打病了，他得了肝炎，住进了医院。

菱子妈与那个“黑”人的关系公开化了。据张二嫂观察，除了那个“黑”人，还有几个男人不断地来找菱子妈。

菱子爸出院后，有个多嘴的女人把这些情况告诉了他。

他瞪起了眼珠子："你他妈的少掺和我们家的事儿。她是我媳妇，她爱跟谁搞跟谁搞，我还没管呢，你跟着瞎裹什么乱？"

没有人再敢"裹乱"，因为菱子妈是菱子爸的媳妇。

八

二十年以后，菱子爸老了，菱子妈也老了。当然，我们早就搬出了那个大杂院，后来，我们那条胡同也拆了。

菱子爸早已失去了年轻时的那股子鲁莽的蛮气，菱子妈也早已让岁月风干了年轻时的那股子浪漫的骚性。

有一天，我在老街的街口儿，碰到了风烛残年的菱子爸。

他一脸灰色，身子骨已然形销骨立，走路颤颤巍巍，我几乎认不出，这就是当年一脸豪气的菱子爸。

我们提起了当年的那个碴口儿，他不好意思地苦笑了。

"兄弟，那当儿你还小，我也那个，都是过眼云烟了，忘喽它吧。"

我释然一笑："早忘了，你不提这个碴口儿，我都回忆不起来了。真的，岁月能抹去人生记忆中的一切渣渣沫沫。"

"你结婚了吧？"他沉思着，缓缓地抬起头来凝视着我。

"嗯，有孩子啦。"我说。

“那你该明白婚姻是怎么一回事了吧？”

“是呀！”我不置可否地点了点头。

我们很自然地说到了菱子妈。

“那当儿，她……怎么说呢，我满足不了她。真，她的欲望太那个啦。”

他茫然地望着胡同口的那棵老槐树。胡同拆了，那棵老槐树却保留下来。

原来如此，我猛然悟出了什么。

顺着他的视线，我也朝那棵槐树望去，秋风瑟瑟，几片叶子飘落下来。

叶子落在地面上，没有一点儿声响。

犯事儿
这张流氓画是你画的杰作吧，他用
手敲着桌面，他看上去有四十多岁
面黝黑，一双狡黠的小眼挤出一声冷笑
戊戌深秋海方画

犯事儿

我本来应该走艺术家的道路。我不认为自己有多少艺术家的天赋，但是我的潜意识里，总若明若暗，或是若深若浅地觉得我的大脑藏着艺术细胞。

这种艺术细胞活跃起来的时候，也会产生某种创作的欲望和冲动，让我不由自主地拿起笔来，在本子上画上那么几笔，或是一个小人或是一朵梅花。

“你应该去当画家！”我的一个搞美术的朋友，看过我画的画儿，这样评价说。

其实，他是在调侃我。我画的那也叫画儿？说是画儿，其实完全是信手涂鸦。

我该当画家？我心里明白，这位朋友说的话，一半是恭维，另一半是嘲讽。我清楚我的画儿，也许刚够进少儿绘画启蒙班的资格。

当然，他说这句话的另一个含义，是我有当画家的条件，因为他知道我父亲是画家，而且曾是徐悲鸿的弟子。在他看来，艺术是有遗传基因的。

我对这位朋友一笑置之。也许他不会从我的一笑里，品味到一种苦涩。

我终于没走艺术家的道路。在我本应该朝着艺术家的方向迈腿时，艺术家们的命运也许不如一个街头卖冰棍的老太太或蹬排子车的车夫。

我说这句话丝毫没有贬低后者的意思。艺术一旦成了一张废纸，被人随意撕碎的时候，搞艺术的还值钱吗？

没错儿，我父亲是搞艺术的，但是他没成什么“家”，却成了“右派”。他的画儿成了他当“右派”的“资本”。

这一点，他也许永远糊涂，也许到死也不清楚他怎么会归入了“黑五类”。历史就是喜欢跟人们开各种各样的玩笑。

在我父亲当“右派”的那个时代，谁会想到三十年以后，一幅当时只值两个窝头的画儿，能换一栋洋楼呢？

大概是母亲不想这个家里出第二个“右派”，尽管中国人一向把“血统关系”看得挺重要。我在很小的时候，已享受到“黑五类”狗崽子的待遇，所以，我的母亲不想让我子承父业。

艺术，在她看来是我父亲的人生误区。

“还是当普通的工人，或者当普通的农民心里踏实。”她说这话的时候，知识分子被视为“臭老九”，举国上下正在声讨主张“学而优则仕”的孔老二。

其实，我压根儿也没做过艺术家的梦，尽管身体里多少有点儿“艺术细胞”，那当儿，中学毕业生能留城，在工厂当个工人就知足了。

后来，我圆了这个梦："七〇届"（一九七〇年初中毕业生）最后一批，我被分到了西郊的一个木制品加工厂，当了烧炭工。

人吧，许多时候不想要什么，却偏偏有什么，不想干什么，却偏偏让你干什么。这是一句白得不能再白的大实话。

当遇到这种命运安排的时候，您很难在生活词典里找到什么注解。于是把这一切都归于"命运"二字。

其实"命运"是什么呢？是一种神意吗？是一种生命机缘吗？是一只无形的手在左右着您吗？对此谁又能解释清楚呢？

比如说我不想当什么艺术家，可是命运却偏偏让我过了一把"艺术家"的瘾。关于这件事，我的脑子里现在也还是一团糊子。

上初三的时候，我因为一幅画而犯了事儿，差一点进了"局子"（班房）。

上中学？也许与我年龄相同的"七〇届"们，不会忘记初中这两年半，是怎么度过的吧？

那是叫上学吗？假如那叫上学，学校不如改成游戏场。

不知别的"七〇届"们怎样，反正在我的记忆当中，中学这两年半，除了斗老师，搞大批判，搞军训，支农，接受贫下中农再教育，挖防空洞，我实在回忆不起来，究竟学到了什么知识。

既然是"革命"（那时的中学生最响亮的一句口号是"复

课闹革命”），上课也就成了革命的一个内容。这个内容包括老师在课堂上，撅着屁股挨批斗，学生们用粉笔头当“子弹”，拿老师的后脑勺当靶子。

我是不愿（抑或是不敢）加入“打靶”行列的。

一来因为我本身就是“黑五类”出身的狗崽子，说不定哪天，我会把老师替换下来，站到挨批斗的位置上。

二来是由于我的性格内向孤僻，在同学中独往独来，很少卷入这种恶作剧（这种孤僻的性格与当时的政治上的压抑不无关系），所以，别人“革命”时，我却躲在角落里翻字典，因为那时，委实没有可看的书。

大概是上小学时，我就开始染上了信手涂鸦的“毛病”。这种“毛病”使我见到一张纸，就忍不住在上面画上几笔。

那时，家里还保存着几本父亲留下的绘画教科书，待着无聊时，我便拿出来临摹。

米开朗琪罗或伦勃朗的裸体速描，也成了我临摹的对象。我有一个素描本，上面画满了裸体画。

画这些画儿时，我完全是出于对艺术的某种偏好，或者说是一种无事可做的消遣。

我那时还很不懂事，根本想不到这些画儿，在当时的社会背景下属于什么“性质”。问题就出在这种完全的无意识之中。

那是个闷热的夏日，下午有课，内容好像是批判一个姓夏的老师。我躲在角落里，听同学们千篇一律的批判发言，索然无味，昏昏欲睡。

也许是排遣睡意吧，我拿出钢笔在纸上画起来，画了一张纸，揉成一团扔在了课桌里，接着又随意在课桌的桌面上，画了一幅。我自以为这幅画儿很得意，竟忘了把它用唾沫涂掉。

第二天上午，当我走进教室时，蓦然觉得同学们的眼神不对，有人用异样的目光盯着我，有人用莫名其妙的神情嘲笑我。平时都挺熟的面孔，怎么一下陌生起来了呢?

我在自己的位子坐下，突然发现木制课桌的桌盖没了。是哪位同学在跟我恶作剧吗?

我正纳闷，只见学校“工宣队”的队长一脸肃容走进教室，“谁叫……”他问我的名字。

红卫兵的中队长站了起来。那时的红卫兵已成为中学生的一个组织，其性质不亚于共青团，当然只有革命青年——“红五类”子女有资格加入，我这号的狗崽子是排斥在外的。

“是他。”中队长正义凛然地指着我。

我的脸腾地红了起来，同时也感到问题的严重性，因为那时的“工宣队”队长，比学校校长要有权威，仅次于“支左”的“军宣队”队长。

“你，出来，跟我到办公室来。”

“工宣队”队长拧着眉毛大声说。

我从他的肃杀的怒容里，觉出自己犯事儿了，我成了他眼中的“阶级敌人”。

“还愣着什么？快出来！”他不耐烦地瞪了我一眼。

教室里鸦雀无声，空气仿佛一下凝固了。也许大家感到太突兀了，谁能想到平时沉默寡言的孩子，会犯事儿呢？

我垂着头，真像是“阶级敌人”似的，跟着这位队长大人，走进了“工宣队”的办公室。

队长在办公桌前坐下了。办公室里还坐着三四个“工宣队”的成员，他们正研究下一个批判对象。

就在队长坐下点烟的工夫，我瞥见了我的课桌盖，与此同时，我也看见了我的那幅裸体画儿。我的脑子“嗡”的一下，像是被炸裂了。

队长抽了几口烟，一直凝视着我，不说话。他的这种沉默，更加让我感到惶恐不安，我茫然地低着头，心里像铸了铅。

“这张流氓画儿，是你的杰作吧？”

他用粗壮的手指头敲着桌面。这个人看上去有四十多岁，面庞黝黑，一双狡黠的小眼，薄薄的嘴唇挤出一声冷笑。

“是我画的。”

我不想无视这个事实。

“什么出身你？”

“工宣队”队长把话锋一转，端起了“冲锋枪”，那当儿，这句问话经常挂在人们嘴边儿上，什么出身，就可以证明你身上，打着什么阶级烙印，也就可以立刻划分出你是属于哪一阵营里的人。

“我爸是搞艺术的。”我嗫嚅道。

“我没问他是搞什么，我问他什么出身？”

“画家……不，是教师，他是教书的。”

“哼，狡辩！”他冷冷地说道。

“我……”

“你不要再为你那反动的父亲涂脂抹粉了。我们已经调查清楚了，你父亲是‘右派’，你姥姥是地主。你是资产阶级的狗崽子。狗崽子！懂吗？”

“懂……”

“懂个屁！别看你人不大，但是资产阶级的腐朽思想，在你身上表现得竟是这么严重！流氓，你知道这是流氓行为吗？嗯？”

他越说越激动，不时地拍着桌子。

“这是阶级斗争在中学的反映。”办公室里的一个女“工宣队”队员，用尖细的嗓子说。

我不想再申辩什么了，既然队长一巴掌将我拍在这儿了，不由分说把这幅画定了性，我再说什么，等于负隅顽抗，这自然是加重自己的“罪行”。

“工宣队”队长继续扯着嗓子嚷着，他从这幅画儿分析到修正主义的教育路线，分析到封资修在中学生中的和平演变，并且再次证明反动阶级家庭出身的人，在行动上，所流露出的阶级烙印。

我完全站在被批判的位置上了。

我的班主任老师来了，我的年级指导员来了，那时的学校是军队编制，年级是被称作连的，班级被称作排，排长也被叫来。

“必须要对他进行严肃认真的批判，要在革命青年中，肃清这幅画的流毒！”

班主任、指导员、排长听完“工宣队”队长对我的“宣判”以后，也感到这幅画儿所带来的严重后果。

连指导员（一个教政治的教师）和班主任、排长把我带走了。在楼道尽头的一个小屋里，我接受他们的审问。

“你是怎么搞的，手痒痒啦？”连指导员操着夹生的普通话嗔怪道。

他是福建人，个子不高，平时讲课，他那尖细的嗓音，常引起同学的哄笑。

“我没想到这是流氓画儿，我以为它是艺术。”我无力地申辩道。

“没见你平时画这个呀！”班主任谨慎地为我开脱，她平时待我不错。

“我常在家里画。”我没理解班主任的话，坦白地说。

“回去写个检查吧，认识深刻一点儿。”班主任以为这算不上犯事儿，写个检查，这事儿也就结了。

“不行，这不是私字一闪念的问题，要认识到这是阶级斗争的新动向。通过这件事要教育全体学生认识到，资产阶级的腐蚀与我们反腐蚀的斗争是多么激烈。”指导员声色俱厉地说。

指导员的激情，让我吃惊。

“好，我们班明天下午就组织批判会。”排长对指导员的话理解得很快。

批判会没有开成。因为第二天上午，班里发生了一个“反革命事件”，有个姓李的同学在教室里，跟另外一个学生闹着玩时，把讲台碰倒了，讲台上有个毛主席的石膏像，石膏像摔得粉碎……

有人胆敢摔主席像！这件事不仅惊动了“工宣队”和“军宣队”，也惊动了公安分局。

姓李的同学出身资本家，这样一来，使问题变得更“明朗”了。

显然这档子事儿，比我的那幅“流氓画”性质严重得多。

批判会换了对象，改为姓李的同学，一直斗了他五天，最后把他铐走了，后来，他以“现行反革命罪”，被判了七年刑。

“工宣队”队长一直在忙着对这起“反革命事件”的处理，把我的“流氓画”问题丢在了脑后。

当“工宣队”队长想起这个茬儿时，我的班主任递给他一份检查，检查是在她指导下，由我执笔写的。

“工宣队”的队长大概是觉得那份检查不够深刻，所以决定亲自找我谈话。

我又被叫到了“工宣队”的办公室。

他让我站在他的办公桌前，我垂着头，不说话。

他也不说话，只是翻着桌上的文件，有时嘴唇撮起来，像是要吹口哨，但他手停下来时，便十分注意地端详着我，眼里掠过难以捉摸的阴影。

我始终不明白这是一种惩罚，还是他想在我面前表现什么。我那时才十五岁，乳臭未干，对世界上的事儿理解不透。

大约站了有两个小时，我的腿已经有些发麻，他径自笑了起来，开始给我“洗脑”。

他从世界观讲到人生观，从阶级讲到阶级斗争，从“文化大革命”讲到世界革命，从反修讲到反帝，从和平演变讲到杜鲁门的预言……

最后他说，一幅画儿看起来是小事儿，其实它能反映人的灵魂，也能反映五洲风云，反映阶级斗争，反映“两条路线”（我如果那时有录音机把他的话都录下来，绝对是难得的教材）。正因为这幅画儿，具有极其深刻的复杂性，所以在他看来，这是极其严重的政治问题，而不是艺术问题。

因此，他让我重新写检查，并在适当的时候接受同学的批判，检查写得深刻不深刻，关键是要在灵魂深处爆发革命。

我的灵魂深处已经爆发了“革命”。有过这样一次经历，我还会再动画笔吗？

回到家，我把那些画册和素描本，通通撕成碎片，让它见鬼去了。

我又写了一份检查，三张纸，其中两张全引的是毛主席语录。我交给了“工宣队”队长，他看也没看，塞到了兜里。

“要注意改造世界观。你现在还年轻，不跟家庭划清界限，将来怎么能接革命的班呢？世界观的改造是长期的，懂吗？”

他一本正经地对我说。

我点了点头。

我的“流氓画事件”就这么不了了之了。我庆幸没有站在批判席上，但我为那个姓李的同学感到悲哀。

如果他不出事……可他那叫什么事儿呢？一个十五岁的孩子，在无意之中碰碎了毛主席的石膏像，居然被判了七年大刑！

临毕业时，我得到一个消息，“工宣队”队长栽了，而且栽得挺那个，他是在宿舍里强奸一个女学生，被当场捉了个“现行”。

“他也会犯事儿？”我怀疑自己听错了。

“那还有错儿？他犯事儿都登报纸了！”我的中学同学说。

“真的！”我被惊着了。

“你要在灵魂深处爆发革命才成！”我依稀记起了“工宣队”队长的话。

巴基拉之梦
他在仰头一刹那，
正好与我的目光交织在一起，
猛然，我觉得这张脸好
熟，啊这不是黑豆吗？
戊戌年深秋海方画

贝基拉之梦

一

很多年前，我在一家体育杂志社当记者，写了一篇评论埃塞俄比亚运动员贝基拉的文章。这位非洲青年，光着脚夺得两届奥运会马拉松跑冠军，在世界田坛轰动一时。

我写那篇文章的时候，心血来潮，末尾找补一句："假如我国的体育工作者具有贝基拉的教练那种眼光，数亿青年中，不难有贝基拉出现在奥运会。"没想到这句绕脖子的话，差点儿要了我的"盒儿钱"①。

"文化大革命"，红卫兵一棍子让我见了乌眼青，这些革命小将指着我的肿胀的眼睛，质问我："这是什么眼光？"

"傻眼。"我心里掉着泪说。

大字报贴到我的宿舍门口，说我往中国体育事业扣屎盆子，又说这叫典型的崇洋媚外。

我看了，真是哭笑不得。接茬儿查我的祖宗三代，赶上有

---

① 盒儿钱——北京土话，盒，指骨灰盒。要了盒儿钱，即差点要命的意思。

个远房舅舅在香港做买卖，一下给定了性。

戴上不清不白的帽子，我卷了铺盖，发配地是京郊怀柔。

二

在北京城圈儿里生活了三十多年，没想到怀柔有这么大的山，也未承想属于北京市的版图有这么穷的山沟。

坐了一天的长途汽车，又在马车上颠巴了大半天，总算进了村。

横是道儿上颠的时间长了点儿，又赶上一场雨，我觉得浑身上下发皱，揉着眼睛把县里转来的介绍信，递给村里的书记。

这主儿四十多岁，一脸大胡子，嘴里噙着一支“大炮”，没抬眼皮，把介绍信揉巴揉巴揣兜里了。

“车上的行李呢？”接我的车把式问道。

“大胡子”冲车把式喊了一嗓子：“拉他到小学校，跟‘四眼’搭伙吧。”

“四眼”是村小学的教师，眼镜跟瓶子底儿仿佛，瘦高个儿，站在那儿像根高粱秆儿。

他帮我把行李搬进学校的那间小屋。屋里透着窄憋，土炕之外，有个掉了腿用木棍支撑的破桌子，“四眼”正烧火做饭，烟熏火燎。

屁股后头跟着一群村里的孩子，来了个生人，他们像看耍猴儿的似的，把那间小屋围了个严实。

进了屋，我晕头涨脑，身上的筋骨像是散了架，顾不得跟“四眼”多寒暄，便躺倒在土炕上，嘴里含了片儿药，蒙上被子发汗。耳朵里传来叽叽喳喳声，像是闹麻雀。我从被子里探出脑袋一看，玻璃上好几个瘪鼻子。

歇了两天，我缓过劲儿来，一照镜子，胡子有一寸，蓬头垢面，像是刚从狱里出来。

我打开提包，找家伙修修门脸儿，这才发现新买的两筒牙膏没了，心想备不住在马车上颠了出来，也许村里有供销社，还能没卖牙膏的？

跟村里的几个老头儿打听供销社，顺嘴说出了买牙膏。

“牙膏是什么？”老头儿痴痴愣愣地看着我，愣没听懂牙膏这个词儿。

“四眼”咧开嘴，露出一口黄牙，对我笑道：“这地方比不得北京，压根儿没见过牙膏。”

得，我只好等着自己的牙挂色儿吧。

“四眼”叫田继光，老实巴交，少言寡语，心眼儿实，脾气耿介，在早是县中学的历史教员，一九五七年“反右”时，给“右”到这儿来了。

村里上百个孩子，只他一个教师，他想跟书记说说，让我加盟。我心里正对上山干活打怵，巴不得如此，可政治上带着

“砟儿”呢，就劝他别找麻烦，可“四眼”死乞白赖。

大胡子书记倒没多少政治头脑，没驳“四眼”的面子，跟队长说：“那个北京来的细皮嫩肉的，山上的活儿能拿得起来吗？让他跟‘四眼’搭帮去得了。”

队长更不懂什么“政治界限”，点了点头，扭过脸儿让队里的会计，给我背过来一口袋小米，算是我一个月的嚼裹儿。

三

山里的孩子实诚、好教。他们上学不为别的，能念报读语录本会算账就得。

学生上学也很简单，甭管岁数，不分年级，像过去的私塾。“四眼”让我教语文，他把算术、历史、地理包了。

您说这课好教不是，可这帮孩子拿上课不当事儿，心不在焉，教他们认下几个字挺难，头天教，都能认下来，但第二天再问，都就着饭吃了。

班里有个叫黑旦的孩子，个儿挺高，精瘦，在班里年龄最大，穿得破衣烂衫，嘟嘟着裤腰，光着两只脚，黢黑的脸蛋儿，像是生下来就没洗过，忽闪着俩大眼，一股子机灵劲儿，猴淘。

黑旦上课，屁股下面像长着草，手还闲不住，不是捅捅这个同学的耳朵，就是挠挠那个孩子的后脑勺，弄得课堂不得消停。给他两句吧，他脸上跑眉毛，耍骨头玩，逗得人哈哈笑。

“他有多大了，还这么淘气？”我问“四眼”。

“十五了。”

“都这么大了？朽木不可雕也。”我对“四眼”抱怨。

“四眼”告我，这孩子从小没了爸爸，妈病病歪歪，家里头没人管他，像脱缰的马驹子，到处撒欢撂蹦儿，看着挺机灵，但脑子有点儿木，断断续续念了几年书，刚会写自己的名字。

“真不是念书的材料。”

“他淘气都出了圈儿，追马撵鹿。有一回，光着两只脚，追死一只狍子。”

“真有这事儿？”我听着玄虚。

“那还有假？我亲眼所见。”“四眼”啧啧了两声。

一天下午，我正给孩子们上课，忽然从村里传来一阵撕心裂肺的哭喊，声儿怪瘆人。

“怎么啦？”我提前下了课，随着孩子们往村里跑去。

村口大柳树底下躺着一个老头儿，几个老太太在旁边儿哭天抹泪。老头儿盖房时，让柁砸了腿，血丝呼啦的，人也背过气了。

村里的赤脚医生背着药箱跑了来，用药止住血，然后对大胡子书记说：“得赶紧到镇里的医院取药，要不染上破伤风可就没治了。”

队里的马车都上了山，“大胡子”急得直转腰子。“从咱们村到镇上，道儿不近呢。”

“这可怎么办？”赤脚医生叹了口气。

大伙儿正在为难，黑旦挤出人堆，冲“大胡子”挤咕一下眼道：“大伯，让我去吧。”

“你？开什么玩笑。”“大胡子”看都没看黑旦。

“一边去，起什么哄？”赤脚医生用手把他拨拉到一边。

“哎，你们不信？我去，保管误不了事儿。”

赤脚医生瞅着黑旦问道：“你？怎么个去法？”

黑旦一抬大腿：“用脚呗。”

“跑着去？现在不到两点，天黑前，你能不能回来？”赤脚医生望望脑袋顶上的太阳。

“能回不来吗？当然能回来！”黑旦的口气不小。

“大胡子”瞪了黑旦一眼，对赤脚医生说：“你听他胡勒勒，马车来回还要跑半天呢。”

黑旦嚷道：“晚上，我要是跑不回来，你剁我的脚。”

这话让我打了一个愣儿。可看黑旦的眼神，不像是在玩花活儿。

“大胡子”嘀咕半天，经不住老头儿家人的央告，便点了头。赤脚医生把钱和药方，递给了黑旦。

说起来这事儿有点儿匪夷所思，没等夕阳落山，黑旦光着两只脚，四脖子流汗地回来了，手里拎着药包，蓝布衫像刚从水里捞出来的。

这小子真行。到县城来回八十多里山路，他用了不到四小时。望着他那黑绷筋儿似的脑袋瓜儿和两只大脚片子，我心想，他还真有点儿贝基拉的劲头儿。

我这人不长记性，总忘不了那个让我倒霉的贝基拉。

四

第二天，黑旦在课堂上跟同学们白话起来，眉飞色舞讲他昨儿取药的经历，说到得意时，还朝我瞥一眼，生怕我听不到似的。

开始我装作没瞅见，后来听他越说越离奇，便冲他笑道：“留神下巴被你吹掉了，会不会是你半道儿上搭了汽车？要不然你今天还在路上呢。”

黑旦腾地立起来，瞪大眼睛：“你不信？那咱们比比。”

我有意将他说：“跟我比，得有个条件，下了课，我先测测你的速度。”

“嘿，你等着瞧吧。”

学校不开体育课，没有操场，只好下山找了一段平整的公路。

我以步代尺，走了一百步，画上线，大约百米只多不少。我摘下腕子上的表，让黑旦站好位。

“预备——跑！”我的话音刚落，黑旦似离弦之箭，身子朝前一蹿，两条长腿高高跃出，步子的跨度极大，两脚像是没着地，跟只小鹿似的，那姿势真美。

他的步子真大，不叫住他，会跑过梭儿喽。十一秒！我高声叫起来，自己把不住自己了。那群围观的孩子们也噢噢地雀跃着。

“这小子真行！”我忍不住叫出声来。

猛然想起挎包里还留着一包由北京带来的水果糖，我跑回宿舍，从包里抓了一把，递给黑旦：“这是给你的奖品。”

黑旦把糖分给同学，自己留下一块，含在嘴里，腮帮上鼓起一个包，眨巴着眼说：“老师，还比不比啦？”

这小子还记着这茬儿。我打了个哈哈儿：“不是比完了吗？我都输你一把糖了。”

“我还想再赢一把糖呢。”他嘿嘿乐得合不上嘴儿了。

我问黑旦：“你怎么跑得这么快呢？”

他想了想说：“有一次，跟大胡子叔叔进山打狍子，有只受了伤的狍子跑得飞快，我咋追也追不上，到底让它逃了。我心想，狍子咋就跑得快呢？一定有窍门，再跟大人打猎，我就留神看狍子跑的姿势，发现它的腿抬得很高，前腿和后腿跑起来特别的连贯，我就学狍子跑，遇上受伤的就追，还真的追死过哩。”

这小家伙真鬼。我说：“你想不想当赛跑的运动员呀？”

“当那玩意儿干吗？”他愣不知道什么是运动员。

我从书包里翻出两本杂志，指着一幅照片说：“这个人跟你一样，喜欢光着脚跑，后来他到世界运动会上比赛，得了第一名，连他们国家的皇帝都亲自迎接他。”

他两眼直勾勾地看着贝基拉咧嘴大笑的照片，不言声了。过了会儿子，他仰起头问：“比赛要到老远老远的地界儿吗？”

我说：“不用，只要你想比赛，先跟我在村里练，行不行？”

他摇摇头：“家里我娘还指望我养活哩。”说着，他把含了半天的糖吐出来，瞅瞅，说：“你还有吗？”

我把挎包里的糖都抓给他。他眨巴眨巴眼笑笑：“让俺娘也尝尝。”说完走了。

我望着他的背影，突然觉得这孩子挺招人喜欢。我猛地喊了一声：“黑旦，明天头遍鸡叫，我在跑步的地方等着你。”

他猛然立住，扭过头来，眯眼扮了个鬼脸。

也不知怎么搞的，我在这一瞬间，做起了贝基拉之梦，真想下功夫栽培栽培这孩子。脑瓜一热，竟忘了自己的处境。

五

第二天，我老早爬起来，穿着运动衣在公路上等着黑旦，但鸡叫头遍，不见他来，鸡叫二遍，依然不见他来，我等得心烦意乱，只好自己沿着公路跑了起来。

我跑了两个来回，出了一身大汗，这时，鸡叫三遍，天已大亮了，黑旦还是没照面。我又等了一会儿，琢磨他不会来了，便闷头跑回了学校。

上课的时候，黑旦没来，我心里犯起嘀咕。晚上吃了饭，我沉不住气了，来到黑旦家。

他家住三间草房，低矮破旧，好像一阵风便能把这房子刮倒。屋里如同地窨子，黑灯瞎火的，隐约能看见炕上躺着个人。

黑旦见我来了，把油灯拨亮，我这才瞅清他母亲的脸，那张脸蜡黄，黯淡无光，皱皱巴巴，像放了一冬的干瘪的橘子皮。

我进屋的时候，她正围着油脂麻花的破被套，啃贴饼子。她看上去像七八十岁的老太太，其实刚过四十岁。

黑旦告她，我是北京来的老师。她眼睛突然睁大一些，喑哑着嗓子说："昨晚上心口一劲儿闹腾，黑旦守了一天，吃了些药，这会儿才见好。"

黑旦端过一个掉了把儿的缸子给我："喝水吧，老师。"

我低头一看，缸子里的水浮着一层灰，为了表示客情，我捏着鼻子啜了一口，放下缸子。看娘儿俩的日子这般光景，我鼻子直发酸，说了几句安慰的话，便起身告辞。

黑旦送我到路旁。我低声说："晚上有空儿，上学校来一趟，我等你。"

“四眼”老早钻进了被窝，我在灯下闲翻一本旧书。黑旦推门进来了，我拉他在院子里的一堆石头上坐下。

大山里的夜，显得更加沉寂幽深，天穹上稀疏的几颗星眯着眼，对面高山乌黑的影子神秘莫测，偶尔传来山里野兽的鸣叫。风有些凉，我给黑旦披了件衣服。

怪事，此时，黑旦坐在我身边像只温驯的小绵羊。我借着星光看了他一眼说：“你们家日子怪难的，往后，缺什么少什么，就言语声，我不会干看着，只要我碗里有口粥，不能叫你饿着。练跑步的事儿，你也别为难。我是瞅着你是块好料，白白糟蹋了可惜。咱们国家这么大，还没几个像样儿的长跑运动员，拿世界冠军的更少，你就不想为国家争光，为乡亲们作脸吗？”

黑旦望着天上的星星，打了个沉儿说：“老师，你是好人，我听你的，你让我练，我就练。”

“好孩子。”我摸着他的头说。顺手从兜里摸出了自己的箱子底儿——二十块钱，塞到他手里。“这点儿钱，留着给你妈买药吧。你要想练，就要下决心。往后，鸡叫头遍，还是老地方，我等你。”

黑旦眼里汪着泪，从腰里掏出两盒牙膏，嗫嚅道：“你才来的时候，我见你绷着脸，眼皮子高，好像看不起我们山里孩子，便偷着把它拿跑，先头以为是软糖，吃一嘴猴辣，不是味儿，现在……”

“你呀！”我听了，忍不住笑起来。

打这儿起，黑旦天天跟我练跑步，我把前些年当记者趸来的田径知识，一股脑儿抖搂出来。

黑旦天生是个长跑运动员的坯子，扇子面的脊背，腱子肉一疙瘩一块，腿奇长，又有柔韧性，弹跳也好。我最服他的那双铁脚板，走玻璃碴上都不带怵的。他说长这么大从没穿过鞋，跑起来，两脚好像没沾地，体轻如燕。

瞅他奔跑的姿势，真是艺术享受，让人生出许多奇妙的遐想。

每天跑两小时，他的饭量见长，干饽饽贴饼子，一顿能吃二斤。我变着法儿给他补充点高热量的吃食，可村里供销社的点心，硬得跟砖头似的，肉食更见不着。

“我带你打狍子去吧。”黑旦对我说。

于是，我们抓空儿就往山里跑。有他在，总不空着手回来，起码打只山鸡。

时不时我给黑旦打气儿，什么全运会呀，亚运会呀，让我说得天花乱坠，使他那小脑袋瓜儿里满是希望，像是长了翅膀的鸟儿，非要到赛场扑腾扑腾去不可。

他当时百米和万米的速度都达到了国际水平，只要临场发挥得好，夺金牌没问题。奇迹将要在这偏僻的山村里发生。他也许要在中国田径运动历史上，爆出最大冷门。

啊，先让他参加市运会，然后再去全运会，再参加亚运会，再参加奥运会……

我那时像着了魔，设计出一堆计划。我的贝基拉之梦，绝不是没影儿的事，瞧好吧！

六

冬天，大雪封山前，我回北京探亲，请了几个体委工作的朋友来家做客。

当时正是“文革”高潮，北京正乱，人人自危，但不把我的贝基拉之梦告诉哥儿几个，心里憋闷得慌。

让我失望的是，等我亮出了贝基拉之梦，哥儿几个全乐了，拿我当了才从海外来的憨达郎儿[①]。

“你可真是从深山老林回来的，都什么时候了，还有这份心，罪还没受够呀？”我的当记者的朋友对我讪笑道。

“别没事儿找事儿了。披上虱子袄，可择不清。”一位在体委训练局工作的朋友对我劝道。

我听着糊涂，一本正经地说：“我可没打哈哈儿，说的是实事，那小家伙，超不过贝基拉，你们到时候打着我走。”

哥儿几个又哈哈大笑起来，弄得我丈二和尚摸不着头脑。敢情体委当时派仗正凶，集训队早都放了羊，运动会好像成了

① 憨达郎儿——北京土话，憨厚木讷的意思。

天方夜谭。

“你呀，就是发现了欧文斯，也是猴拿虱子，瞎掰。”哥儿几个像把一切都看穿了。

我像头上浇了一盆凉水。可总抱一线希望，再怎么着，运动会不能不开吧？

一个朋友嘬了个牙花子：“这年头，全乱了，谁还顾得上全运会呀，别做梦了。”

甭管怎么说，我死不了这个心，连着给国家体委领导写了几封信，举荐黑旦参加比赛。临走，买了一大堆营养品，还给黑旦置了一身运动衣。

“四眼”到县城接我。路上，他沉着脸说，“别再让黑旦练跑步了。”

我一愣：“出什么事儿了？”

“唉……”“四眼”张了张嘴，又抿上了。

瞅他一脑门子官司，我心里直起急：“老兄，你怎么上来就给我个闷葫芦儿，咱们相处这程子谁不知道谁呢，有话别掖着藏着，照直说得了。”

“四眼”沉了会儿子，终于开了口：“你走以后，大胡子书记把我叫到队部，一劲儿问你在学校的表现。我说你教书挺认真，跟孩子们处得也好。他说成天教孩子疯跑，搞的什么花活儿。我知道你的心气，便如实跟他说了。想不到，他发了脾气，说练这玩意儿不当吃不当喝，管什么用？再这么抽风，干脆别在学校干了。我说了会儿子好话，才把他的火压住……”说到这儿，“四眼”瞅着我不说了。

我没想到性格豪爽的“大胡子”，会冒出这种想法，想了想对“四眼”说：“回村，我找他聊聊。”

“你可别捅马蜂窝了，‘大胡子’的性情你不知道，惹翻儿了他，你在这儿可就待不下去了。这年头，多一事不如少一事。”他眨了眨眼，又道，“别忘了，咱们政治上的问题还没清呢！”

我打了个激灵，猛然发现了心里的空当。

当晚，我把给“大胡子”买的两瓶“二锅头”拿出来，冲“四眼”道：“我也别装孙子啦，来，咱们把它干了。”

“四眼”在灶上崩了两把老玉米豆儿，我俩滋儿咂儿地喝起来。

酒一沾唇，话自然透着多。“四眼”又倒腾起肚里的委屈，自打戴上“右派”帽子，妻离子散，家破人亡，在这山沟里一待就是八年，说不定，这把老骨头也要扔到这儿。这位辅仁大学的高才生，做梦也想不到有这一步。

他大口大口地喝着酒，似乎唯有这辣水能洗去心里的愁苦。我比他似乎更多一些亮儿，年轻不说，心里的贝基拉梦还没醒。

我盼着能早日开全运会，巴望着黑旦能争口气，拿下奖牌。甭管“大胡子”怎么犯牛脖子，黑旦只要上了比赛场，就不会掉链子。

回想起那时的情景，自己都吃惊，怎么我想问题，天真得像个小学生？

七

连着几天，黑旦没来上课，我心里打不住砣了，晚上躺在炕上睡不着，猛古丁地听见窗外有响动，竖起耳朵来，敢情黑旦在外面小声叫我。

我披着衣服出了门。月亮地里，黑旦悄没声儿地立着，耷拉着脑袋，头发眉毛挂着霜，看样子站了有会儿子了。

“家里出事儿了？”我拍着他那开花的棉袄。

他摇摇头。

“怎么一直没见你？”

他没抬眼，吭吭哧哧地说：“老师……”声儿有些哽咽，嗓子眼像卡了鱼刺。

我琢磨他心里有什么话要说，便让他进屋，他张了张嘴又闭上，从身后摸出个小包，塞到我手里，抹头跑了，背影迅疾被黑夜吞了。

我木鸡似的愣了半天，好像在做梦。

回屋打开包儿，三层破布裹着一支鹿茸，打磨得很精巧，像是工艺品。照当地的习俗，小伙子定亲才送这玩意儿。

黑旦给我这个是什么意思？琢磨了半天，解不开这个谜底。

第二天，黑旦没照面儿。下了学，我去他家。

黑旦妈扶着墙往灶里填柴，锅里蒸着红薯，屋里一股香甜味。

她直起腰凝视着我，沉着脸叹了口气："黑旦走了！"

我一愣："上哪儿去了？"

她僵不哧地说："山那边李村开了个炭厂，他胡子大叔让他学手艺，每天挣劳力的工分。家里穷，他书不好好念，成天价野跑撒欢的，不是省油的灯。"她冲我苦笑一下，并没有照顾一下我当时的情绪。

"李村离这儿有多远？"

"一百里路吧！他一月未准能回趟家。"

"那你不想他吗？"

"讨生活要紧呀……"

我把从北京买的食品和那件运动衣，悄悄放在炕上，心里像有块东西堵得慌，赶忙走了。

夕阳沉了，暮霭退了，天上有了星星，山村在肃杀的严寒中喘着气，冷落的几家灯火，像嘲弄我的眼睛。我蔫头耷脑来到村外的公路上，思想像断了线的风筝。

头疼得厉害，我摸了摸额头，发烧了，心里窝火。我想在寒冷的夜空下，多待一会儿，突然远远地传来一阵萧瑟哀婉的二胡曲。

这是“四眼”拉的，琴声好像直接从心灵深处发出的婉转深沉的哭诉。我的心颤动了，像被什么划了一下，心里的那点苦辣酸甜都倒腾出来，泪水溢出眼角，滚下腮，掉在冰冷冷的土地上……

回到学校，“四眼”已经睡着了。我看见桌上有一封信，是体委我的一个老同学来的。

我急忙打开，信纸上两行字像针一样刺入我的眼：“文化大革命”期间，第三届全运会不能如期召开，何时举办不知道……

我痴呆地愣了一会儿，把信撕成碎片，向空中一扬，突然放声哈哈大笑，笑得放纵、开怀、癫狂。

“四眼”从被窝里探出脑袋，沙哑着嗓子嚷道：“老弟，大晚上你撒什么癔症？”

我把喝剩下的那瓶“二锅头”拿起来，冲他说：“来，起来兄弟，痛快一下，庆祝我的贝基拉之梦醒了。”

八

黑旦再没在村里露面，到底上哪儿了？我问过村里的人，都跟我摇脑袋。

黑旦妈后来跟大胡子书记相好，成了一家子。我好像明白了黑旦不回村的原因。

五年以后，我闹了场大病，病好以后，身体脱了形。“四眼”看我再熬下去，该给我找“坑”了，于是舍着脸给一个在县教育局管点事的朋友写了封信。那位朋友动了恻隐之心，把我调到县城一所中学教书。

不久，县城里的百姓传出骇人听闻的奇事：山里有个飞行大盗，带着几个小兄弟，时常侵扰县城，偷盗抢劫，强奸杀人，无所不为，弄得人们惶惶不安。

有关这个飞行大盗的传说，近似武侠小说中的侠客，说他行走如飞，武艺超群，枪法百步穿杨（不知从哪儿搞到的枪）。种种传闻，令人毛骨悚然。

后来，又传出新闻：县公安局集中警力，通过数月侦查，搞清了大盗的行踪，将这伙歹徒擒获。一共六个人，为首者是个二十岁的青年。老百姓的心才算踏实下来。

没过几天，我所在的学校体育场，召开了上千人参加的大会，公审这伙十恶不赦的匪徒。

那天，来的人真有几千，操场坐满了人。大家伸着脑袋，往台上看那个被剃成光头、五花大绑、身后背着大牌子的匪首。

匪首一直跪着，头垂得很低，我没看清他的脸。公审会后，他和三个同伙被押上一辆大卡车，游街示众，然后到一个临时刑场处决。

当卡车开过我身边时，我抬头望了望，匪首的头被两名武装警察揪起来，仰着脸，黝黑面庞，瞪着两个大眼，一副视死如归的样子。

他在仰头的一刹那，正好与我的目光交织在一起，随即他发出一声哀号，猛然，我觉得这脸好熟。

这张脸在我的记忆里，重重地撞击了一下，啊，这不是黑旦吗？我的心像被电击了一下，颓然地“塌”了下来。

在嘈杂的人流中，我的身子飘忽起来，思想麻木了，一时竟失去了知觉。卡车开过去很久，人群已经随着卡车，向刑场的方向拥去，我才清醒过来……

远处，响起了枪声，这枪声使我至今难以忘怀。我知道这一枪击中的不只是一个匪首的头颅，而是我的沉梦。

吟味初心
报上登着阿秀
的照片，他恍然悟出了什么，阿朋凝
神窗外 葱茏的山峦、水村山
廓在他眼前闪过
戊戌深秋海洋作

吟味初心

她还没进会场，就被潮水一般的崇拜者围了起来。书、本、杂志，甚至有人举着手纸，伸着胳膊，身子贴着身子簇拥着，让她签名。

她无法抬起脑袋来，看不清伸过来的手是男是女，是老是少……

他在另一个进口处看到了这个场面，心怦怦地剧烈跳动，手也跟着颤抖，搀着他的阿朋已经感觉到了。

他已经从体坛悄然隐退了。本来也不是明星之类，退了，别人也不在意，只有体委的两三个老人，还能记起他的名字。

一位跟他共过事的副主任，油然记起当年阿秀入国家队还是他的功劳。

于是特地把精致的请柬，寄到了远离省城的那个小县城，并把他安排到主席台后面的贵宾席就座。

他拿到请柬激动不已，立刻让儿子把在小学当体育教师的阿朋找来。

阿朋以为他的心脏病犯了，几乎是跑着进的门。

他把请柬给了阿朋。

阿朋看过请柬，半天才怅然道："自从她在马尼拉得了金牌，我们快有三年没通信啦。"

给予她的荣誉是最高规格的。亚运会上的一块金牌，奥运会上的一块银牌，让家乡父老的脸上有了光彩。她被授予劳动模范称号，获英雄奖章。

她激动地亲吻着金光闪闪的奖章，把两个儿童献上的鲜花举过头顶，那情景使她想起奥运会的领奖台。

他的眼也湿润了。掌声和欢呼声使他从遥远的记忆里惊醒；仿佛他也登上了领奖台，感受着早已逝去的青春的激情。

他的座位跟她很靠近。在她转身朝他这一方位的观众致意时，他昏花的老眼，依稀看到她眼眶里的泪水滚了下来。

蓦地，他想起七年前，他和阿朋送她上省城时，她抱着他哭，像是他的亲生女儿，闹得省体操队教练也不好意思了。

"走吧，孩子，记住我对你说的话。"他向她摆了摆手。

头天晚上，她和阿朋在他的小竹楼坐到鸡鸣。几两欣慰的酒催的，他跟两个孩子讲起了自己的经历……最后，他对阿秀说："做一个真正的人比做一个运动员要难得多啊，金牌能使人高大，也能使人渺小……别忘了你的做人标准。"

阿朋怎么啦？他像是置身于外地凝视着体育馆里的那个运动鞋广告牌发愣。

这么隆重热烈的场面，他竟会无动于衷？

老教练用肘触了一下：“嗯，散了会，你找阿秀，咱们在招待所庆贺一下，我还有话对她说呢。”

阿朋没说话，脸色阴郁。

“怎么啦？孩子。”

“她忙呀！我怕……”

“忙，也总要看看她的老师和朋友哇！”

体委的工作人员跟阿朋打招呼。人们还没忘了这个省运会的体操明星，只是不明白，他怎么显得老多了。

“阿原，求你一件事。”阿朋把昔日的队友叫住。

阿原现在是省体操队的主教练，这个位子本来是阿朋的，可他却宁愿回县城当小学体育教师，陪伴老教练。

“说吧，你我之间还用求吗？”他们原本亲密无间。

“请你转告阿秀，老教练在体委招待所，要见她。”

“你怎么这事也找我？”

“哎呀，我不愿见她。有些事等你回来再说。”

阿原跟阿秀很熟。自从她进了国家队，她的父母已在省城安排了工作和住房，这要归功于他从中斡旋。要不是她跟阿朋早已确立了关系，他也许会大胆向她求爱的。

“我的老师？”阿秀听了阿原的陈述，把美丽的杏核眼挑了起来。

她这会儿已脱去了运动服，换上了透明度很强的连衣裙，衬出柔美匀称的身体线条，脸上略施脂粉，嘴唇鲜红，显得妩媚动人，更具魅力。客厅里，一个记者在等候采访。

“谁呢？”她显出不耐烦的样子，“人要是出了名，八竿子打不着的人都来套近乎，沾点边儿的更别说了。老师？自称我的老师的人，从我回来到现在，已经来过十几位了。一个中学管总务的老头，也说教过我，跑我这儿来揩油水，我真烦透了。你知道吗，我这次回来，不光是领奖，我已经退役了，老啦，干不了啦。我得想想后半生。阿原，我们是好朋友，跟你透个信儿，我已经在北京办好了出国留学的手续。”

“真的？”

她拿出了出国护照让阿原过目。接着她又眉飞色舞地谈起了她要去的那个国家。

忽然外面有人敲门，来者是一位风度翩翩的青年，她介绍说是某国体育用品商社的办事员。

阿原记起了自己的使命，说出了老教练的名字。

“他呀！他还没……”她想起两年前，曾接到过他病危的电报，当时她正准备出国比赛，回来后把这封电报忘得死死的。她以为他早已不在人世。

“他找我有什么事呀？”

“大概是想看看你，这么多年啦，他一定很想你。何况还有阿朋。”

“算了吧，我有什么好看的？已经宣告退出体坛啦，再说，我跟阿朋早就吹啦。”她皱起眉头，这件事实再提不起她的兴趣。

“喏，我还有好多客人在等着谈话。这些天的日程已经排得满满的。明天要到两所大学跟大学生们见面，后天有两个招待会，大后天是告别体坛的最后一场表演……”

阿秀把阿原送到门外，又想起什么，转身回屋抱出两个盒子。“这是双耐克运动鞋，这是一套陶器，一个墨西哥朋友送的，你转送给老教练吧，我实在腾不出空来看他。”

阿朋一仰脖，杯里的酒又干啦。记不清这是第几杯，他感到了醉意。

“阿原，你把那鞋和陶器扔喽，烧喽！”

“我早把它扔进了灶膛。”阿原也喝得红头涨脸，但没有到恨人毁物的地步，不过是有意诳他。

“老教练说得对，做人真难呀！”阿朋喟然长叹，“她是在马尼拉夺金牌以后变的。我接到她给我的最后一封信，哭啦，那个纯真无邪的阿秀在我的心灵里死啦！她的灵魂，她的良心，让金牌和利欲给吞着吃喽！可是老教练并不知道这一切，他甚至在病危的时候，还呼唤着阿秀，我是把泪水流进心里头哇。我不能告诉他，那个阿秀早就变了心，他的心脏已经无法承受这种致命的打击了。自从上次死里逃生，大夫说他顶多能活两年。”阿朋眼里涌出苦涩的泪水。

“是啊，老教练太善良了。”阿原也很伤心。

阿朋又倒满一杯酒。“我们不能给老人家添病，想个什么办法盖住这件事呢？”

早晨醒来，他觉得心境格外明快。昨晚是有些激动得过分，可吃了几片药，没事儿了。

他特意让服务员把房间布置了一番。阿朋一早就走了，他又恳求服务员上街买几斤鲜荔枝。

服务员是年轻的小姑娘，听这个和蔼的老头说，要招待昨天在电视里看到的那位体操明星，心里很兴奋，问了好几次，有没有记者来，她们很想跟她拍张照片。

“有，肯定会有的。”他随口说着。

为了表示对服务员的感激，他从皮箱里取出了一本精致的画册，上面贴着他从各种报刊剪下来的有关阿秀的报道和照片。

他准备等阿秀来，送给她做纪念。服务员们轮流着翻了一遍画册，不住地赞叹她的美丽，她的英姿。

他是“文革”时，从省体操队下放到那个县城，当小学体育教师的。

把他打成“反革命分子”的体委造反派头头说：“有我在，你别想有出头之日。”

他不想出头，只想在穷乡僻壤安度晚年，但是良知使他并不安分，他发现了阿朋和阿秀，这对很好的体操苗子。

这再一次燃烧起他报效祖国的热望。经过他的严格训练，两个孩子在省少年体操比赛中露了脸。就在那次比赛之后，北京来人找他，国家集训队有一个名额，请他决定出哪一个。

按当时的条件，阿朋强于阿秀。让他感动的是阿朋的谦让，他没有丝毫的不快，反而把自己的一点儿积蓄拿出来，让阿秀路上用。

他的心震颤了：多好的孩子呀！阿秀临走时，他当着阿朋的父母和阿秀的母亲，为两个人定了亲……

阿朋回来了，后面跟着阿原，捧着一束鲜花。

“阿秀呢？”他急切地问。

“她呀，真是太忙啦。我和阿朋在宾馆等了一天，见到她的时候，已经是在飞机场了，她今晚就要回北京。”

“怎这么快就走呢？”他将信将疑。

“国家体委要开体操工作会，等着她拿意见呢。弄不好还要她出任教练呢！”

“噢！”他发出一声悠长的叹息，“太忙啦，这孩子太忙啦，可别累坏了呀。她的胃不大好，这我最知道。”

阿原皱皱鼻子道：“她本来说要来看您的。瞧，鲜花都买好了。可是怕误了飞机，只好让我和阿朋带给您。”

老人接过鲜花，慨然道：“啊，这孩子想得多周到呀！她没再说什么吗？”

“说啦，您是她的恩师和慈父，她到什么时候也不会忘记您的……”

“啊，这孩子，还是那么纯朴可爱。”他快要落下泪来。

过了一会儿，他指着桌上放的荔枝说：“看，又没吃上。记得有一年冬天，她感冒发烧非要吃荔枝，我托了个朋友在福州买了几瓶罐头，等捎到家，她的病早好了，又去省城比赛……这回她又没赶上……你们分享吧。”

他的脸上充满慈父般的柔情，陷入深沉的回忆中。

阿原剥开一个荔枝，吃进嘴里。阿朋也剥了一个，痴呆呆地望着鲜美的肉白，泪水滚出眼眶。

阿原送他和阿朋到火车站。

车上人声嘈杂，拥挤不堪。两个小贩把沉重的大包袱横在他的脚上，汗腥味让他不得不把头扭向窗外。

身边的一个年轻人，用手里的报纸扇着风，他看看他，又看看他手里的报纸，猛然间像发现了什么。

“小伙子，这是哪天的报纸？”

“刚买的。”

“借我看看好吗？”

“行呀。”小伙子把报递给他。

第一版上，登着阿秀在大学讲演的照片。

他恍然悟出了什么，脸上滑过一层阴影。

阿朋凝神望着窗外，葱茏的山峦，水村山廓在眼前闪动……

沉默了很久很久，他轻声问阿朋：“离家不远了吧？”

阿朋点点头。

我是一个零
这办公室一坐就三十年，一步一个脚印，然而人生就这样平淡如水地度过了吗？他呆呆地望着桌子上摆的小山一样的笔记本。

我是一个零

汪济泽退休了。当意识到即将离开那张陪伴他三十多年的办公桌时，他忍不住鼻子发酸。

照例一个办公室的人，要给他开欢送会。昔日熟悉的面孔仿佛一下陌生了，他听到了许多溢美之词，包括主任在内，也一改往日的矜持，目光变得柔和起来。

主任刚刚三十岁出头儿，比他的儿子岁数还小，说出话来，却那么得体，词儿用得让他那么受听，仿佛他的职务比主任还高。

一直跟他为争副主任的位子，心里暗自较劲的秘书老陈，在欢送会上，说了他几句好话，尽管他听出来，褒扬的词语不是嘴对着心说出来的，但毕竟是好话听着顺耳。

散会时，老陈酸溜溜地跟他拉了拉手。他握着老陈那绵软的肉乎乎的手，感觉到一股热流。

老陈也是日过中天，“五十五，白辛苦。”他蹦跶不了几年了。想起这些年，为争一个副处级而闹得各自心里塞着块棉花，他感到生命的悲哀。

早知现在，何必当初呢？人啊，只有到了秋天的时候，才能体会到寒冷的冬天离自己不远了，而感受到冬天的临近，才会珍惜远去的春天。唉，真是的！

欢送会开过之后，办公室的人簇拥着汪济泽到街上的馆子，吃了一顿告别饭。

席间，他一时高兴，竟破例跟大伙儿撞了几杯酒。酒在肠胃里流动着，他的脸有些发热。

一生难得有这种风光。人的体面怎么在这时才感受到？也许他不再是大伙进步的绊脚石了吧？

他开始整理自己的东西，给新来的人交班儿，腾地儿。

除了那一摞一摞的文件外，他的办公桌抽屉里，躺着许多笔记本，那是他每次参加会议的记录。

以前，每记满一个笔记本，他便随手放在抽屉里，容不得抽出时间整理，他又要参加一个新的会议。一个会接着一个会，一个一个笔记本便好像完成使命一样，静静地躺在抽屉里。

现在他有从容的时间了。可是当他拿起这一个个记录本时，脑子里却出现了一片空白。

汪济泽没有大学文凭，他是私塾的文化底子，除了会背一些古诗文，私塾留给他最受用的是一手好字。正是这笔好字，让他在二十多岁时，当上了办公室的秘书。

那时，他正春风得意。他为人谨慎老实，办事相当认真，每次会议，他都全神贯注地倾听领导的讲话，并且将领导的每句话，都记在本子上。

他的记录本，可以不费力气地整理出一篇文章。他像一部活的录音机。为此，他深得领导的赏识，可惜领导过分看重了他的记录才能，而忽略了他还有其他能力。这也许是他多年来一直没有提升的一个原因。

汪济泽从没有这样踏实地翻自己的笔记本，浏览本上的笔迹，好像走了很长很长的路，又回过头来，审视自己的脚印：四清、文革、红卫兵、工作组、造反派大联合、斗批改、清查“5·16”、批林批孔、反击右倾翻案风、批邓、粉碎“四人帮”、思想解放、改革开放……哦，这些记录简直可以写一部历史喽。

但是当他仔细阅读这些记录时，脑子却蒙了，因为许多基层领导人的话，只是对当时那段历史的重复，其中绝大部分讲话，是对当时执政的中央领导人指示的解释。这种解释联系到本单位，就变得枯燥乏味，甚至只是一种点缀，像是人们头上的一顶帽子。

这种记录有价值吗？他的身子随着这种思路开始往下沉，仿佛又沉到了各种会议的海洋里。

这些本子有用吗？他翻着翻着扫了兴。

突然，他在笔记本里发现了自己年轻时的一张照片。分头，方脸，大眼，唇边漾着笑意，很精神的小伙子。

他忍不住对着窗玻璃瞧了一眼，映在上面的现在的自己。

玻璃上印着一张皱皱巴巴的脸，秃顶、眼镜、额头上的深皱纹苦涩的笑。

干了三十年，坐了三十年办公室，他得到了什么呢？

没错儿，他这三十年还算走得顺当。一步一个脚印，他没有在人生档案上留下一点碴儿。然而人的一生，就应该这样平淡如水地度过吗？

他木然了。痴呆呆地望着桌子上摞得小山一样的笔记本。原来我是个零呀！他喟然长叹。

他正犯愣，新来的秘书小李叫他："老汪，送你的车准备好啦！"

小伙子挺帅，穿着西服，打着领带，领带夹是包金的，在阳光底下闪着光。

汪济泽看了他一眼，心里打了个闪儿：他不会走我的路吧？

小李递给他一支烟，他摇了摇头。弯腰从椅子上，拿起了自己的黑皮包。这个包他用了二十年，提手已经开了线，他用黑布缠上了。

"走吧！"他扶了扶眼镜，勉强对小李挤出一个微笑。

下楼的时候，他觉得自己脚下的步子松快起来，难道从现在起，自己解放了吗？

他猛然对自己的退休，有了新的认识。

师徒之间
我看了看表，下午六点钟
今天我一定要见着师傅、师
母。我来帮您，我脱了外衣，挽
起了袖子。
戊戌年深秋渔方写

师徒之间

在甘家口倒公共汽车时，我蓦然想起这里离师傅家不远。一晃儿八九年不见了，该去看看他。

绕脚到副食商场，买了两瓶好酒拎上，我漫步来到那条陋巷。

几年不来了，这里变化真大，周围已盖起了高层住宅楼。我勉强从记忆里，找出师傅家的门牌号。

这条巷子我本来是很熟悉的。在工厂时，每到周末，便跟几个师兄弟到师傅家小酌。师傅没儿没女，视自己的徒弟如子。师母是江苏人，炒得一手好菜，尤其善烹鱼，味道很特别，每每品尝，都有一种回味无穷的清香。

师傅家的门开着，却不见人。我喊了几声，从旁边的一间小房踱出一个老妪，头发苍然，面目老迈，表情迟缓呆滞。我仔细端详，终于认出是师母。

师母的眼神不济了，愣愣地瞅着我，半天才喊出我的名字。

她显得很激动，拉着我的手，上上下下看了一遍，嘴里不停地叨念，表达见到我的喜悦。她像遇到久别的亲人。

我猫腰进了小屋，室内光线阴暗，依然是那么干净，并没添置新的家具，只是高低柜上多了台彩电。

“师傅呢？”我把酒放在桌上，坐在了我曾经坐过无数次的椅子上。

“他呀，遛鸟去啦。”师母嗔怪道，她脸上的表情在说，师傅此时不该出门。

“他身体还那么硬朗？”我关切地问。

“是啊是啊。只是我们都老喽。腿脚不太听使唤了，这脑子也糊涂了……”

师母忙着给我沏茶，嘴头子絮叨起来，一个劲数落自己刚才竟没一眼认出我。

我不无惶愧地插上几句话，辩白自己由于工作忙，没能常来看两位老人。

师母似乎并不在意，紧着询问我的家庭近况，爱人在哪儿工作，孩子多大了。她没把自己摆进去。

小屋的墙上挂着几副老式的镜框，镜框里的照片大部分是黑白的，已经发黄，我发现了年轻时自己的影子。

那是一张师徒合影，师傅笑着，周围是十几个年轻人。照那张相时，师傅正闹胃病，大夫怀疑他长了癌，后来再检查，没事儿。十多年了，想不到师傅还珍藏着这张照片。

“你现在挺出息的，真为你高兴哩。你师傅常念叨你，知道你在报社工作，为了你专门订了张报，把你的文章都剪了下来。真啊。”

师母从柜橱的抽屉里取出一个大厚本子，我翻开，一下愣了，没想到师傅这么心细，把我从八几年在报上发表的大小文章都剪贴起来，甚至包括那发表后很快就遗忘了的“豆腐块”文章。

“还有周强，当初跟你不是师兄弟吗？听说他上了大学，又去美国留学，当了博士。徐峰也那么有出息，对了，他现在已然是副局长了吧。孙晓青那孩子也挺要强，从电视上看到他，他现在是总公司的经理了……你师傅逢人就夸你们这几个徒弟，你们有出息，他脸上也有光呀！”

“他们常来看师傅吗？”我嗫嚅道。

“你们都忙，在干大事，哪有工夫来呢。”师母的话里没有一丝怨意。我听了心里一热。

“日子过得好吗？”

“不错。你师傅退休后，在一家工厂干，吃补差，头年病了，不再上班了。那场病不轻，差点去八宝山，一直是你师弟小陈照料他。”

“小陈？是陈涛吗？”

“是啊，他一直没离开工厂，现在是汽车司机，这孩子可仁义呢，跑前跑后，整天守着你师傅，一直到你师傅能下床。”

我想起了陈涛，在我们这拨“七〇届”学生中，他特不起眼儿，被公认为是活得最窝囊的人。那时，我们常常挤对他，说他无能，说他木呆。

他曾经因为一个哥儿们盗窃，吃了挂落儿，蹲过“班房”，那实在是典型的冒傻气，哥儿们偷了东西，放在了他的柜子里，他反倒承认是自己偷的，无异于别人偷驴，他去拔桩儿。

这一“前科”，使他后来在入团和涨工资时受到影响，但他并不怨恨谁。他在别人看来简直是缺心眼儿，但想不到他对师傅却这么仁义。

我为陈涛对师傅的厚道和自己对师傅的淡漠，感到自愧。忙，绝对不是疏远和不敬的理由。

师母把茶端到我跟前。还是那把老式茶壶，茶杯也是八九年前用过的。

“喝吧。你还是原来那样儿，没多大变化。你师傅见天夸你，真有出息啊。”师母眯缝着眼睛笑着。

我不再说话，心里撞倒了五味瓶。师傅的徒弟里，最得意的就是我和徐峰。而我还有那个已当了副局长的徐峰，怎么说呢，从离开工厂后就再没回去过，我们只是把那段生活经历当成了人生历程的陈迹，尘封在记忆的角落里。

我每天都在忙着开各种会，在人事的纠纷中不停地旋转着，在人生际遇的旋涡里，我突然感到自身的渺小。如今，当我重新回到师傅的小屋，我才体会到生命价值的另一面。

“喝吧，我下厨房给你炒几个菜，你师傅回来，你们好好喝两盅。”师母张罗着。

我下意识地看了看表，下午六点钟，还有个会，但我没张口，我一定要见见师傅。

“师母，我来帮您。”我脱了外衣，挽起了袖子……

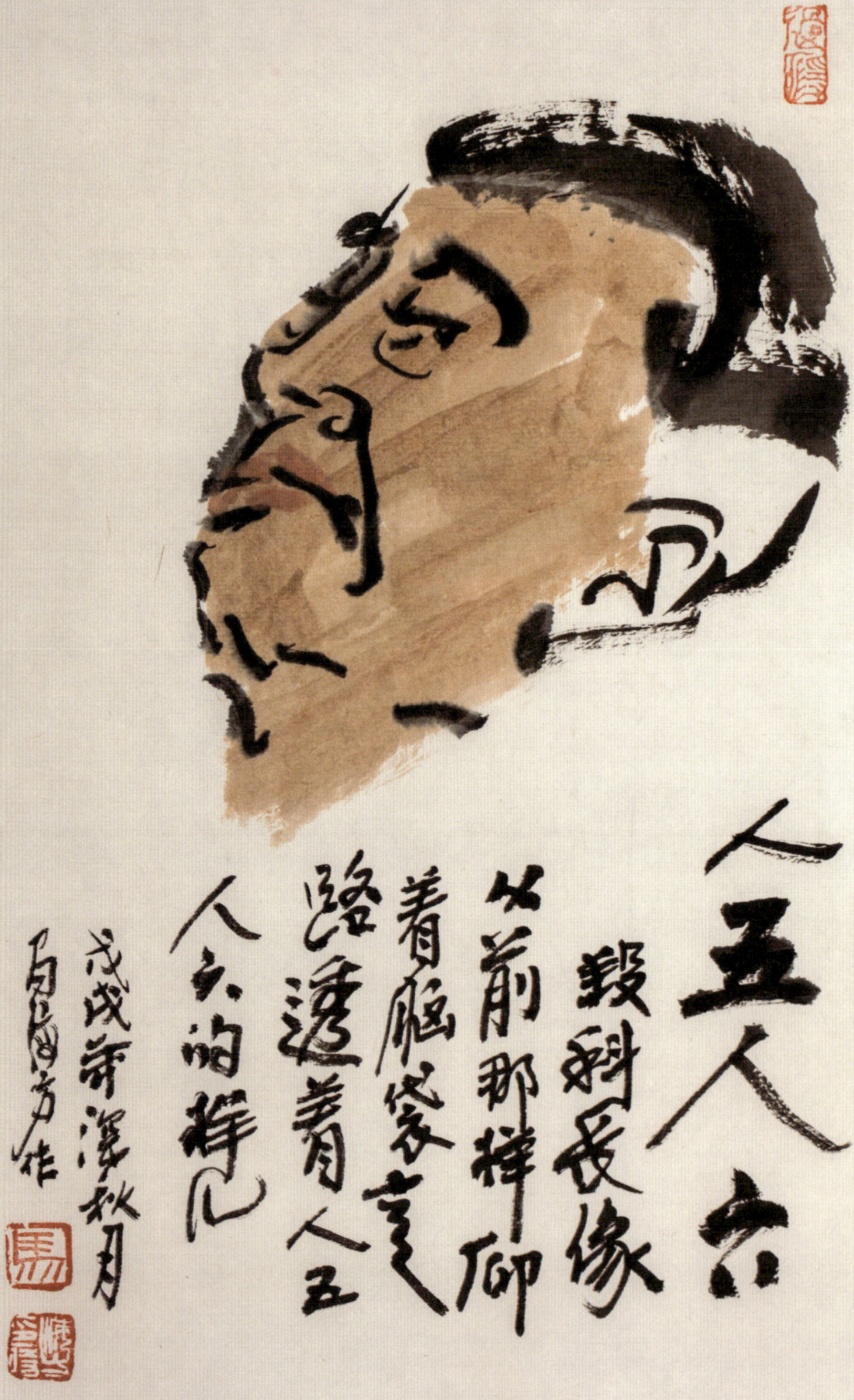
人五人六
段科长像
从前那样仰
着脑袋走
路透着人五
人六的样儿
戊戌年深秋月
马海方作

人五人六

一

文爷的脾气大，但是他说话从不走褶儿。不招他，他也不跟人犯牛脖子。

他是旗人，礼数大。熟人，碰头总是要躬一下腰，或两手抱拳，道声“爷”。姓张的，叫张爷；姓李的，叫李爷；年少的，叫少爷。

老派人，“爷”字如同现在的先生或同志。他不照一般的北京人，见了面总问：吃了吗您。这句话他嫌贫气。

说他脾气大，是他从来不笑。许是他觉得人世间本没有什么可让他发笑的事儿。当然，他也不哭，不急，不恼。

一切都顺其自然。能吃两碗干饭，就吃两碗。能喝二两，就喝二两。这是人体需要。他以为人不能跟自己较劲。

文爷是练家子，别的不说，就冲这个，胡同里的人要高看他一头。自然，孩子们也因为有了文师傅，而觉得脸上添了点彩儿。

跟别的胡同的孩子打架，嘴边儿总要把文爷带出来：知道吗，我跟文爷住一胡同。好像文爷能出来助他一臂之力。

其实，文爷的功夫深，恰恰在于他不会打架。这一点，孩子们是难以理解的。

文爷是“八卦”的底子，“形意”的功夫，五十多岁了，精气神还像小伙子。他精瘦，身板儿硬邦。“蹚泥步”，走道儿总拿着走场的劲头。行头，运动裤，深灰细布小褂敞开着，脚底下永远是一双两道脸的洒鞋。

利落。精神。他的脸上没有多余的肉，脑门很秃，两眼往里陷着，眼珠黑得像两口深井。

早年间，练功到家不到家要看体型，练家子把人体分为八个字，即同、天、日、贯、气、甲、申、由。体型并不全是从娘胎里带出来的，要靠后天的修炼。

“八字”之中，以“贯”字为佳。身材不胖，肩宽腰细，如同张开的扇子面。文爷五十多岁了，依然是“贯”字体型，功夫修炼得可以。

文爷只在私塾念过两年书，文化不高，那当儿，在一家工厂当修理工。不知什么原因，他终身未娶，孤身独处，自己做饭自己吃，自己吃饱了全家不饿。

他平时沉默寡言，很少串门，很少跟人交往，他唯一的朋友是这条胡同九号院的陈博士。

叙家谱的话，文爷的爷爷曾在宫里当过差，而陈博士的叔叔做过知府。就这么点儿渊源，两位老人能说到一块儿。尽管陈博士是博士，文爷是工人。

陈博士家门槛高，独门独院，他的学问大，自然学问大，人人怕。不怕别的，怕跟博士说不上话。

这一点，文爷又戗眼了，他们谈的是“古”，而很少道“今”。陈博士是研究历史的，从文爷嘴里，能听到很多老北京的掌故和轶事。

胡同里的人以为，文爷跟陈博士的交往有点儿“攀高枝”，以文爷的文化底子，能跟留过洋的博士有什么话说？文爷对此不以为然，他交朋友向来不重名分。

二

胡同的5号院住着段科长，这也是位“爷”。段科长的谱儿透着大，无冬历夏总是四个兜的中山装，上兜要别一支钢笔，嘴上要叼着烟，走道儿永远仰着脑袋，好像不仰着，脑袋会从肩膀上掉下来似的。

人们叫他科长，因为那当儿，在胡同的草民眼里，科长已经是不小的官了。其实段科长并不是科长，他只不过在副食品公司“主”点事儿而已，按当时的官阶论，他顶多算是个股长。

但萝卜虽小，长在了陂（辈儿）上，他手中掌管着这一带居民副食品供应的调配权，这使他有机会跟各机关的官员接触，由此，他便拿这来说事儿，他跟某某部长是什么关系，他是某某局长的座上宾，他到某某机关办事儿平蹚。

胡同里的人能见过什么大世面，他云山雾罩地这么一白话儿，很多人也就信以为真，自然要高看他一头，于是乎段科长在胡同里成了人物。

胡同里的人平时聊天，在说到谁谁出人头地的时候，自然要提到段科长。人们见了段科长，也会敬畏他几分，唯独文爷不拿眼睐他。

靠舔人屁股沟儿活着有劲吗？文爷看不顺眼的时候，也会忍不住骂他两声。

别瞅段科长在别人面前人五人六的，敢大马金刀地拔脯子，但是在文爷面前却永远是“低头斋”。他怵文爷那一身的功夫。

段科长曾经求过文爷。有一年，段科长的大少爷考大学，成绩并不理想，名落孙山，他觉得面子上挺难堪。而陈博士的儿子，正巧是段科长大少爷所在学校的校长。

段科长想通过这一层关系，找上边说句话，但是直接找陈博士一准要碰钉子，于是他想到了文爷。他知道文爷与陈博士过得着，文爷说句话，这也许不叫事儿。

段科长拎着两瓶“茅台”和两条带嘴的“中华”，敲开了文爷的家门。

当时，这是重礼，“中华”烟，也只有段科长能淘换到，一般草民能抽上“大前门”或“恒大”就是福分了，而且那当儿，卷烟还没过滤嘴化。

文爷不动烟酒，儿时随父亲入了“理门”。“理门”的规矩是“五不沾”，其中就有烟酒。文爷瞅段科长脸上堆着笑纹进来，手里还拎着东西，就知道这小子没憋好屁。

东西怎么拎来的，段科长又怎么拎走的。文爷没容段科长张嘴，捅痒痒筋儿，便把桌子上的茶水泼到了地上。

这是旗人的礼数，泼茶等于骂人，是客人不招待见，主人请客人出门。

段科长碰了一鼻子灰，懊恼转化为仇恨，心里记下了这个碴口儿。

三

文爷的脾气上来，从不虑论事后的得与失，他只知道堂堂正正做人，却没想过世俗往往不容耿直之心。他吃亏就在于忽视了小人在特定环境里的作用。

人，有时能顶天立地，有时又微如浮尘，一句话，也许就能把七尺之躯“放”躺下。

“文化大革命”，让段科长找到了发迹的机会。造反，段科长眼睛红了。他翻出了家谱，父亲是城市贫民，解放前在崇文门外东晓市打小鼓儿。他本人呢？据说七八岁就开始捡煤核儿，十二岁时被生活所迫，推着独轮车到大红门贩菜。

就凭这两条，他成了根红苗正的“无产阶级”。段科长的儿子，就是那位没考上大学的少爷，自然也成了“红五类”的后代。

段科长第一个给公司经理贴了张大字报，“炮打司令部”。公司经理成了资产阶级司令部的“司令”。

这张大字报让段科长露了脸。他摇身一变成了“红色造反兵团”的头头儿。

革命嘛。段科长那身“行头”也改了戏，四个兜的中山装，换成了黄布军装，胳膊戴上红箍儿，这回他体验到当官的威风了。

段科长没忘两年前，儿子上大学的碴口儿。陈博士倒了霉，“反动学术权威”“黑帮分子”“特务”，几顶大帽子扣在了他的头上，一下把博士压趴下了。那个独门独院失去了往日的宁静，灰墙上糊满了大字报。

文爷没事儿，他是工人，尽管那当儿“工人阶级”队伍里也在抓“内奸”，但是他大半辈子平平静静做人，个人历史没染上什么灰尘，虽说他的脾气也有得罪人的时候，而“运动”，正好是有仇有怨的人进行报复的机会，但是谁都晓得老爷子不是省油的灯，狗咬刺猬，下不去嘴。

文爷大面儿上挺消停，每天照常到河边打拳，照常到胡同口的小吃店，就着豆浆，吃两个油饼一个火烧，然后骑着自行车去工厂上班，“运动”好像跟他没什么关系。

他冷漠地注视着身边发生的一切，像是一个老票友，看着舞台上各种角色的尽情表演。平时掩饰的灵魂在这种时候都暴露出来，就像是灭了灯，耗子虱子臭虫一起从各种阴暗处钻出来一样。

四

“文爷，好自在坦然呀！”

段科长又来找文爷，这次没拎着酒，手里拿着一摞沓材料。

文爷在屋里正收拾家伙——练武的刀和剑。这东西不知怎么也成了“四旧”——“革命”的对象。他生怕有一天，会突然闯进一拨红卫兵给抄喽。刀和剑是师傅传下来的，他不忍心就这么让人家给革了命。

“嗽，老段……你这会儿成司令了吧？”

文爷的话里带着刺儿。

“不，我是红色造反兵团的副职，二把手。我们的总头是……”段科长阴笑了一下，说出了在当时赫赫有名的造反派头儿的名字。

“嗽，是那个卖粮食的伙计。”文爷轻蔑地一笑。

“人家现在是司令，文爷。”

“是呀，这会儿叫花子都能当军长。封个官儿，比就开花豆儿喝酒容易。”

段科长听出文爷的话外音，绷起了脸。

“老文头，你不要攻击革命造反派。你的底儿我也知道一些，别不识时务，鸡蛋往石头上碰。”

“你这是说的什么话？你找我，单为给我来下马威的吗？我的底儿是潮是干，用不着你来添堵，要浑坛子，你还差得远。”文爷动了火。

“文爷，您先别激动，我来找你，有这么档子事儿。”

“说吧，有尿快撒，有屁快放。我没那么多闲工夫陪着。”

文爷依然没有给段科长好脸子。

“那什么，胡同口儿上的9号院，那个资产阶级反动权威陈博士，不是跟你走得挺近吗？这有一些群众的揭发材料，我找你，是想让你在这上面签个字，如果能提供新的材料更好。”

文爷愣了一下，他终于弄明白陈博士家门口的那些大字报是怎么回事了。让他感到困惑的是，他到死也不清楚，段科长为什么要往死里整陈博士？他很想听听段科长拿着的这些材料，是什么货色。于是沉吟了一下说：

“我不识字，看不懂你拿着的是什么材料，你给我念念得啦。”

段科长把材料翻开，一份一份地念了起来。所谓材料，其实都出自于段科长儿子之手，无非是说陈博士平时怎么蔑视劳动人民，高高在上当老爷；怎么仇视社会主义制度，怎么反动；等等。材料当中，举出了陈博士的许多反动言论，如：“天要变了。”“阴天就该下雨了。”“太阳是红色的吗？”等等。

“这都是陈博士说的吗？”文爷瞪起了眼珠子。

“当然。这儿还有更重要的一份揭发材料。”

段科长翻出一张纸念起来，大意是说陈博士怎样里通外国，怎样跟帝国主义、修正主义分子相勾结，企图颠覆无产阶级专政。材料检举陈博士家经常有外国人出入，而且每次来都在夜深人静的时候。

“文爷，咱们得跟那个姓陈的反动权威划清阶级界限，对他的特务行动，希望您能提供新的线索。”

“特务？陈博士是特务？”文爷的眉毛抖了起来。

“没错儿，他就是特务，这已经定了性的。”段科长瞥了一眼那沓材料。

“谁给他定的性？”

“革命群众！”

“真他妈的狗戴嚼子，胡勒！这材料是哪个没良心、没人性的兔崽子写的？”

文爷平时说话从不带脏字，这回是真把他气急了。

“谁写的？革命群众！”段科长说。

“革命群众！”文爷气愤地吼道，“哪儿的革命群众？要是这么血口喷人，我操他‘革命群众’的祖宗！”

文爷一把绰过那沓材料，嚓嚓几下，撕得粉碎。

段科长被老爷子的举动吓蒙了，他愣了半天没敢言语。他知道文爷的功夫，生怕老爷子挥起老拳。

“滚，麻利儿的！还愣着什么？”文爷吼道。

段科长脚底下拌着蒜，走出了文爷的小屋，走到当街，他胸脯挺了起来。

“老文头儿，你等着，你他妈吃了豹子胆儿，敢公开跟革命群众叫板，绝没好下场！”他扭过脸，冲着文爷喊道。

文爷扬声大笑起来：“我等着你！你小子别错翻了眼皮！”

五

文爷一定是被气糊涂了！多少年以后，人们谈起这事儿，还对文爷当时的做法，感到不可思议。

一个月以后，来了一拨红卫兵，抄了陈博士的家，陈博士也被押走了。押到什么地方，没人知道。

几天以后，胡同里有人说，在护城河边上看到了陈博士的尸体。他好像是投了河，让人给捞了上来。

文爷得到信儿，一大早便跑到河边。晨雾弥漫着护城河，他什么也没看到。

当天晚上，一拨红卫兵冲进了文爷的小院。他的屋里黑着灯，红卫兵撞开了门，看到文爷倒在了血泊之中，血已经凝固了。

文爷手里攥着那把平时练武用的刀……他是自杀！死得极平淡，甚至没有人为他送葬。

陈博士没有投河，河边发现的那具尸体是另一个人。几年以后，当他从“五七”干校回来，听到文爷的故事，精神失常了。

段科长的“副司令”只当了两三年，便被换了。不过，他以后官运不错，退休时已当了处长，但胡同里的人说起他来，依然叫段科长。

段科长还是像以前那样仰着脑袋走路，透着那么人五人六，只不过中山装换成了毛料西服，白衬衫打着领带，脚下的皮鞋锃亮，派头像是香港大老板。

有那么几年，段科长每逢走到文爷的小院时，耳边总是“嗡嗡”响，仿佛是文爷在骂他。后来，这种“嗡嗡”声，发展到他走到哪儿都响了。

他曾经为此上医院找过大夫。大夫给他开了很多药，他吃了依然不管事儿，这成了折磨他的“心病”，但并不耽误他吃喝。

后来，那条胡同拆了，老住户都搬走了，人们不知道人五人六的段科长是否还活着？

阴差阳错
七月的一天，两个蓝眼珠儿
背着大旅行袋的老外
闯进了胡同口那座老庙

阴差阳错

嘎嘣，差点儿，牙就让它硌下一块去！别瞧这不起眼儿的小石头子儿，能让您把饭碗给砸喽。

按说不至于，可事儿就怕寸劲儿。小小不言地冷不丁来这么一下，让你记一辈子！

伟人说过：一滴水，能映照出太阳的光辉。

凡人说过：一颗小石头子儿，能让您脑袋开瓢儿。

不信，您把头伸过来，挨一石头子儿试试，不见血，您打着我走。

石头子儿——这绰号安他头上，绝了！个头儿、脑袋、胳膊腿儿，哪儿哪儿都是圆的，只是眼睛完了，二百瓦的灯泡子在他眼前晃，不带眨的。

要说有点儿邪性，远看俩大眼睛还挺漂亮，双眼皮儿，像两枚杏核儿，就是视网膜没了。

那年，他刚上小学，回家的路上，瞅着街上的汽车有点儿模糊，揉揉，有点儿疼，还是雾一样。

晚上，妈带他奔了“同仁”。大夫看了看他的眼睛，嘬起了牙花子：唉，晚了。

从此，他永远走进了黑暗。多好的孩子呀！真是的。见过他的人，没有不惋惜的。

惋惜归惋惜，他还是哭着喊着，离开了学校。

他没再上学，整天以肥皂盒大小的收音机就伴儿，一晃十多年。

他有手，有脚，有思维，还有一颗跳动的心。

他的脑瓜儿真灵，靠着这个“肥皂盒”，一天背五个英语单词，一天，两天，一年，两年。他成了一本简明英汉字典。

没有单位要他，尽管他是“字典”。

他是一个被命运抛弃的石头子儿，在生活的路边闷着头发呆。

“大妈，看有什么活儿，给我揽点儿。”他摸着爬着到了街道办事处。

“快别添乱了。缺钱，说话。”宁老太太沉着脸，把他打发走了。

没人要，一听他的眼睛，人家就咧嘴。

他的心凉了……

七月的一天，两个蓝眼珠儿、黄毛，背着大旅行袋的老外，吃了豹子胆，闯进了胡同口那座老庙。

庙早已荒废，长年紧闭大门，市里定为重点文物保护单位。趁看庙的老头儿买早点的空当儿，老外进去了。

叽里呱啦，连说带比画，老头儿只听懂俩字：打死。

老头儿心寒了，出了一身白毛汗：“我招谁惹谁了，洋鬼子进来要往死了打我？”他吓得慌慌张张找“街道”。

两个胳膊戴红箍儿的老太太慌了神儿，去找宁老太太。宁老太太找办事处主任。主任赶紧给区里拨电话，区里又请示“外办”。

“外办”管事儿的说手头儿有事，老外无非是想看看老庙，带他们转转得了，用不着大惊小怪的。

难办的是这条胡同，有一个算一个，没有懂得外语的。您说十句，老外瞅着您犯愣。他说十句，您也照样。

宁老太太急得直转腰子，看庙的老头儿死抱着这棵救命的稻草不撒手了。

“您赶紧想辙吧！”老头儿咧着嘴说。

“我要有辙，还会在这儿愣着吗？”宁老太太插着腰道。

大伙儿也都跟着转磨，这时，恰恰就在这时，宁老太太的老闺女——那个考了两年大学没门儿的小姑子，想到了石头子儿。

好像这个姥姥不疼舅舅不爱的石头子儿，突然让考古学家发现是块古化石，身价儿立马上去了。

赶紧请“活字典”，那还有什么说的。

人呢？屋里屋外，没他的影儿。

真急人。世界上的事儿很怪，什么东西只有当你找它，而又找不到的时候，才显得它金贵。

人们猛然醒悟，敢情石头子儿也有离不开他的时候。

找了一溜够，没见人影。

于是，有人说，石头子儿不过是个石头子儿就是了，裉节儿上，不顶劲。

有人说，他不吃瓜子儿，拿糖，要劲儿的时候，来这么一手儿。

有人替他惋惜，这可是抛头露面、显山显水的机会，弄好了，没准儿“外办”的干活。

有人……

唉，人嘴两张皮，说什么的都有。

老外很扫兴，走了。看庙的老头儿又关上了庙门。宁老太太迈着“解放脚”回了家。很快，人们又把石头子儿给忘了。

石头子儿没捡起来，他依然是路边的石头子儿，成不了古化石。

傍晚，他回来了，用竹棍敲打着胡同的路面。咚咚——像是告诉人们他的存在。

一年三百六十五天，他绝少出院门，偏偏这天，去医院看病。

是不是命运跟他开了一个玩笑？说不好。他到了儿不知有这么个碴口儿。

他的乐趣是储存英语单词。

“活字典”早晚会有人来翻，他信这个。

彩色石子

我拿着彩色石子仔细端详，上面有五种颜色，非常美丽。这真是大宝贝……你在几亿年以前，它可能是棵美丽的大树呢！

时在戊戌年深秋月马海方作于京华

彩色石子

那年，我上小学三年级，邻居陆楠比我大四岁，在北京四中念初一。

陆楠聪明伶俐，五年级时写的科学幻想诗曾在电台里广播过。我母亲常跟我说，跟陆楠一起玩，能有出息。

每到暑假，我便跟陆楠形影不离，他爱好游泳，整个夏天，我们便泡在玉渊潭的后湖里。

那时，我刚学会游泳，只能在后湖的浅水区扑腾。陆楠水性好，能绕湖游几个来回。

这天，我在浅水区玩得很累，口也渴了，便爬上岸，翻过一个土岗子，来到一个菜园，跑到机井那里，歪着脑袋张着嘴，“咕咚咕咚”灌一肚子井水。

因为常来，跟看园子的老爷子熟了，他看着我喝得酣畅淋漓的样子，哈哈笑起来：“小伙子，还是这个解渴。”他从瓜架上摘下两条嫩黄瓜塞给我。

我谢过老爷子，一边嚼着黄瓜，一边哼着歌，很惬意地回到后湖岸边。

太阳已经接近暮霭的西山，把余晖洒落在平静的湖面上，泛着点点粼光，柔和的微风掠动树的枝叶，轻拂着我晒得黝黑的脊背。周围显得寂静。游泳的人们几乎走光了，陆楠还没游回来。

我心神不定地朝对岸望去，听说深水区苲草很多，还有漩涡，经常有人淹死。他会不会……我开始感到有些不安。

忽然，我被河水打了一激灵。陆楠从水里钻出来，扮了个鬼脸儿，一边喘着粗气向我道歉，一边扬起右手，他的手里拿着一个彩色石子。

他跳上岸，蹦着高儿抖掉身上的水珠。

“来嘿，我告诉你一件意想不到的事。”他的样子很神秘，仰面躺在岸边毛茸茸的草地上，我俯身凑了过去。

“你猜怎么着，我在北岸游了一个来回，有点累了，想到岸边歇一会儿。快到岸了，我脚一踩地，觉着有个什么东西硌了我一下，我扎了个猛子抓起来一看，嗬！是一块透明的玉石。”

“真的吗？”

“你听我说呀，我一看，这彩色石子下面还雕着玩意儿，这可真是宝贝！前两天，我哥哥拿回一本书，上面说，这玉渊潭早先是金朝皇上常来钓鱼的地方，所以才叫钓鱼台。这玉雕有可能是那时的古物。”

“在哪儿呢，快让我看看。”我急切地问。

“唉，别提了。”陆楠叹了一口气，说道，“真倒霉，还没等我看清楚上面雕的是什么，脚下一滑，手里的石雕就掉河里了。我赶紧下水摸，摸了好长时间也没摸到，气死人了！后来，摸到这么一块彩色石子。”

“你说的是真的吗？”

“当然。要是能找到那玉石雕有多好！真是太可惜了。不过这块石子也是个宝贝。”

我拿着彩色石子仔细端详，上面有五种颜色，非常美丽。“这真的是宝贝？”

“当然。你别看它是石子，就觉着不起眼儿，在几亿年以前，它可能是棵美丽的大树呢！”

“大树？你真会蒙人。是不是又要给我讲神话故事？”

“不是，我讲的是科学，不是幻想。”陆楠像个小大人似的对我说。

“骗人，一定是在骗人！”我嚷起来。

我们的谈话声音很大，引起河边一位长者的注意。他大概是刚游上岸，用毛巾擦着白皙的皮肤，头发灰白，高高的前额下闪动着富有神采的大眼睛。

他身边站着两个小伙子，也是刚上岸，身上还挂着水珠，等这位长者擦干了身子，便把一条浅黄色的毛巾被披在他身上。

也许他对我和陆楠的对话发生了兴趣，微笑着踱步朝我们走来。

“因为什么事由，发这么大的火呀！”他操着湖南口音和蔼地问我。

“就是这块石头。”我有些不好意思地说。

长者接过彩色石子看了看说：“这块石子让你们发现了什么奥秘？”

我连忙答道：“他说这石子在几亿年前是棵美丽的树，您说可能吗？”

“噢。”长者望着陆楠问道，“是你告诉他的？”

“对，您没看出来吗？”陆楠端详着这位长者。

“我没看出来它原来是树变的。”长者笑道。

陆楠神气起来：“您要是没学过地质学，当然看不出来，古生代的石炭纪时，有好些植物都被埋在地下，经过多年的碳化和变质，就成了各样的矿物质和石灰岩，这石子当然也是这么演变来的。”他像是一个地质学家似的讲着。

那位长者微微点点头，笑了笑说：“你的学问不浅呢，上几年级了？”

“初中一年级。”

“这些知识都是老师教你的吗？”

“不，是我在少年宫，听辅导员讲的。”

“嗯，你很聪明，很善于思考，但是，这颗彩色石子是碳化后的矿物质吗？”

“当然是了，您一定不懂地质学。”陆楠还要辩解，长者却哈哈笑起来，那两个小伙子也大笑起来，笑得我和陆楠莫名其妙。

长者对陆楠的话并不介意，平和沉稳地说："看得出来，你很喜欢地质学，可科学是不能靠一知半解能够解释的。你应该多学些基础知识。地质学很有意思，咱们国家地大物博，地下有许多宝藏等着开发呢！"

他还想再说什么，可是林荫道上驶来一辆卧车，有个戴眼镜的人走过来，在长者耳边说了几句话，于是长者转身去穿衣服，很快便上了岸，临上车，他还朝我和陆楠挥了挥手。

我们一直目送汽车消逝在林荫道的尽头。

"他一定是个大官！"我猜测道。

"嗯，看他坐的是'吉姆'，级别不低，那两个小伙子是警卫员。"陆楠十分肯定地说。

暑假很快过去了，开学不久，就已经是秋天了。一天，陆楠把我叫到他家，表情非常激动地对我说："告诉你一件意想不到的事儿。"

"什么事儿？你说的事儿总是让我意想不到。"

陆楠看着我说道："你猜暑假我们游泳遇到的那位长者是谁？"

"不知道。我们不是猜了一个暑假都没猜出来吗？"

"你看看这本画报就全明白了。"陆楠把一本印刷考究的画报递给我，上面有几位科学家与中央领导人谈话的彩色照片。

“你看，这个人是谁？”

“是他吗？”我仔细地看了看图片下边的介绍，惊讶地叫起来，“李四光！”

“没错儿，就是他！”陆楠也叫着，“唉，我真是太傻了。我简直是个小傻瓜。”他深深自责，懊丧地拍着脑袋。

“我还说他不懂地质学呢，我真恨自己目空一切。”他把摆在书柜里的彩色石子拿出来，说道，“我前两天查了一下书，是我错了，这石子属于沉积岩，是河流把陆地上的钙质带到海里，或是贝壳似的生物残骸，在海底沉积而成的，根本不是我说的那样。石炭纪的碳化物是煤。”

我从没有见他这样沮丧过，过了很长时间，他喃喃地说：“我真想给老人家写封信，可是向他说什么呢？”

一年以后，“文革”开始了。陆楠的父亲因为历史问题跳楼自杀，他跟母亲搬到哥哥家住。临走时，他把彩色石子送给了我，嘱咐我好好保存。以后，听说他到陕西插队去了。

一年秋天，我到王府井百货大楼买东西，身后有人叫我，一回头，原来是陆楠的哥哥。他已经快五十岁了，分别这么多年，几乎认不出来了。

我们谈起了陆楠。他告诉我，陆楠一九七八年在陕西考上了大学，学的是地质专业。毕业后，他主动申请到新疆的一个地质队工作。

他终于实现了自己的崇高理想。

“多少年没见了，我挺想见见他……”

“他呀，像只山鹰，家里是拴不住他的。那年的腿伤刚好，他就回新疆了。他现在是全国地质部门的标兵呢！”

“他可真行！”

“对了，你还记得一个彩色石子吗？他多次提起过它，他说现在所做的一切努力，都是受那个彩色石子的启蒙。就是不知道这彩色石子是什么样子？”

我的心里涌起一股暖流。

多年来，我一直把它摆放在书柜里，珍藏在记忆中。

“年底，他回北京探亲，你们好好谈谈吧。”

对，带上这个彩色石子。他现在一定采集到许许多多的彩色石子，正用自己辛勤的汗水编织那彩色的梦，彩色的理想，彩色的生活……

大鼻头儿
“大鼻头儿”是机关车队最老的
司机，姓曹，本名曹金成，
戊戌秋海青作

大鼻头儿

“大鼻头儿”是机关车队最老的司机，他姓曹，本名曹金成。

曹金成个子不高，留着光头，人比较胖，脸上的肉把本来很大的眼睛挤成了小眼，眼睛让了步，鼻子却沾了光，胖脸上就那蒜头鼻子显眼，以至于机关里的人，见了他，不叫名儿，而叫他“大鼻头儿”。

对“大鼻头儿”这个绰号，后来他也默认了，机关里的人都这么叫他，好像不叫他“大鼻头儿”，会觉得跟他不近不亲似的。

“大鼻头儿”下面的嘴角，总挂着莫名其妙的微笑，那憨厚样儿就像赶大车的老农。

“四十不花，五十花”，眼睛是司机的命根儿，虽说花眼并不妨碍驾车，但却证明自己上了年纪。“大鼻头儿”看着镜子里的自己，拧起了眉毛。

也许到了眼花的岁数，该干点儿别的了，可他总像个孩子，一天不摸方向盘，心就针扎似的难受。

车队的队长是他徒弟，怕他受刺激，不敢提让他转岗的茬儿。

“大鼻头儿”抗美援朝回来时是连长，转业到机关，当初安排他当后勤处的一个科长，在计划经济年代，这是个“肥差”，但他对伺候领导有些发怵，肚子没喝过墨水，怕当这个官受罪。

“这么好的差事不干，你想干什么？”人事处的头儿对他疑惑不解。

“我想学开汽车。”他的脸憋得通红，半天才把自己的心里话说出来。

“大鼻头儿”是太行山老区的放牛娃，当了兵，头回见着汽车，以为那是什么怪物，他认定开车的司机是天底下最有本事的人。

跟他一起当兵的，这些年，起码都熬成师长、局长了。每当老战友见了面，提起这个茬儿，他只说当司机的神气，那道理有些可笑：师长、局长再有本事，开不动汽车。官再大，坐上车，还要听司机指挥。

一晃几十年，他开车从没出过事儿，不论什么车，开起来都极平稳。机关的头头脑脑都愿坐他的车，坐他的车是一种享受。

那年，某国总统访华，在北京挑选两名老练的司机，他是其中之一。他引以为豪的是家里的五斗柜上，摆着的几十张各类奖状和证书。

假如不出那档子事儿，“大鼻头儿”也许真能一直开到退休。

说起来他有些冤。出车祸的时候，我在他身边，也许谁也没有我知道内情。

那天，雪下得很大，路面像铺了棉花。部长的一份急件要送到市郊的一个会场。我来到车队。司机们聚在屋里打牌，几乎每个人都叼着烟卷，屋里烟雾弥漫。

一般下雪天，司机都不愿出车，这是很正常的事儿。但部长的急件，不能耽误。队长当然知道这趟活儿的重要。

派谁去呢？队长看了看正在专注打牌的人，犯起了犹豫。

氤氲中，“大鼻头儿”的光头凑过来。队长有点儿过意不去，但心里却感到踏实。

“您？”队长望着自己的师傅，很不情愿地说，“您真想去？”

“去，我想出去透透气，这屋里抽烟的人忒多，呛得慌。”“大鼻头儿”咧了咧嘴说。

“好吧。”徒弟向师傅会意地一笑。

“大鼻头儿”的车在雪地上行驶，他驾车技术真是没的说，坐在车里，我像坐在办公室的沙发上，真稳！

漫天的大雪覆盖了大地，整个城市银装素裹，抬眼望去是洁白的世界。去的路上挺顺。事办完后往回走，雪渐渐小了，车轱辘把积雪压成亮晶晶的冰面，十分刺眼。

车开到东直门立交桥，还有几步就到家了。谁也想不到，这时会杀出个“程咬金”。

那是一辆白色的“面包车”，显然是路面太滑刹车失灵，直愣愣地冲“大鼻头儿”的车而来……等“大鼻头儿”反应过来，两辆车已然撞到了一起。

交通队来调查事故原因。那“面包车”司机一口咬定是“大鼻头儿”先撞的他。

“老眼昏花，让雪晃得什么都看不见了吧？”“面包车”司机的这个理由实在荒唐。

“大鼻头儿”不愿做更多的辩解，他觉得无论怎样，自己开车出了事，都该觉得脸红。

“大鼻头儿”找到了队长，主动提出“下岗”。他的“本子”还在交警手里，他不想再要了。

那天晚上，我一直陪着“大鼻头儿”，本来我要替他向警察申辩，但他把我拦住，悄悄对我说：“开‘面包车’的小伙子刚结婚，老妈又得了癌症，能找到现在的差事不容易，我不能砸他的‘饭碗’。”

“那您可要背‘黑锅’。”我忍不住喊道。

他猛然用手捂住我的嘴，低声说：“千万别这么想。开车，谁愿意出事儿呢？既然出了，我能伤害人家吗？他可是小伙子，我是老头儿了，就是不出事，还能干几年，你说是不是？”

这几句话，撞倒了我心里的五味瓶。“大鼻头儿”真是让我仰视了。

那天，车队队长把同意他“下岗”的事儿告诉了他。队长说到“下岗”俩字时，前头加上了“光荣”一词。

“‘光荣下岗’？我又光荣了一次！”“大鼻头儿”哈哈大笑起来。

后来我才发现，那个“面包车”司机，对“大鼻头儿”这种“自残”式的善举并没领情，临完，连句感恩的话都没有。

“大鼻头儿”，你可是开了大半辈子的“安全”车！这种自毁名声的义举值得吗？

当我向他发泄心中的这种不快时，“大鼻头儿”沉默不语了，愣了半天，他两眼望着天上的云，沉吟道：“值得！”

“值得？”

“嗯。”他对我说这两个字时，脸上的眉眼突然舒展了，小眼睛也有了神采。

“下了班有事儿吗？”他突然问我。

“干吗？”

“走，到我家里喝两盅！”

“怎么走？开车吗？”

“开车？”“大鼻头儿”愣住了。我发现他眼眶里汪着泪。

我恍然大悟，他已经没有“车本”了。

想到以后再也坐不上“大鼻头儿”老曹的车了，我心里也难受起来。

难道“大鼻头儿”真的老了吗？

老王的下水道轶事
三门票钱，你是不识字吗？老太
太一指门口戳着的一个大木牌子。
戊戌秋月吉日马海方作

老王的“下水道”轶事

老王有个习惯，不忘老北京人的光荣传统：“早起一壶茶，饭后一袋烟”，他早晨起来，头一档子事儿，就是喝茶。

“一壶茶”通常就是“一泡”，老王觉得不过瘾，必须是“三泡”。三杯热茶下肚儿，出一头大汗，把积在肠胃里的那点食火都涮下去，这才叫舒坦，像在澡堂子里的热水池子里泡澡，浑身上下泡透了的那种感觉，提神醒脑、不亦乐乎。

可是有进就有出，有来就有往。“三泡茶”进了肚，不能总在肠胃里存着呀？那茶水也像是带着仙气儿，在肠胃里溜达一圈儿，便要换个地方了。

有出就有进，白天，老王透着上厕所的次数多。

人们开始怀疑老王的前列腺了。他已经过了“知天命”的岁数，按说前列腺有点儿“特殊情况”也在情理之中，但老王新近又添了尿频的毛病，一小时跑五趟厕所，这还算少的。

尽管如此，他仍坚持早起“三泡茶”的老习惯，茶水在肠子里绕三圈，然后都“灌溉”下去。这种流水作业给老王带来了苦恼。

这天，老王外出办事，走着走着，“下水道”突然告急，他只好四处踅摸能“方便”一下的去处。

街上熙熙攘攘，人头攒动，打听了半天，最后一位老者告诉他：走出这条街，再过两条胡同，穿过一条马路，见到一个副食店往北走，第五根电线杆子旁边，有个汽车站的斜对面，有个无线电修理部，再走五米左右，有个新修的公共厕所。

“妈呀！快赶上说相声的‘柳活’了！”老王一一记牢，按图索骥，路上憋住气，紧把闸门，冒了一身汗，终于见到了老者指点的“方便”之所。

这座厕所建得富丽堂皇，琉璃飞檐，“马赛克”装饰门面，造型典雅，若不是门口挂着写有厕所二字的铁牌，老王会以为是宾馆饭店之类。

老王抬腿要进门，出来一个老太太，袖子上戴着红箍儿，表情严肃，一本正经。

老王吓了一跳，以为进错了地方，急忙抬头再看一眼标志牌。

老太太掩面笑道：“没走错，里面还有门。”

老王听此，这才放心大胆地要往前走。没等抬腿，老太太又说话了：“哎，这么就想进去？以为您家里的卫生间呢？”

“哟，您说还要办什么手续？”

“你当这是海关呢？还办什么手续？这儿，不需要，但交两毛钱吧您哪。”老太太冲老王笑道。

老王一愣：“什么钱？”

“门票钱。你难道不识字吗？”老太太一指门口戳着的一个大木牌子。

老王只顾找地方“放水”了，没注意这个告示。

钱？这下把老王治了，他出门时走得急，身上一分钱没带。老王顿时抓了瞎。

常言道，活人不能让尿憋死。他赶紧给老太太作揖：“你瞧，我出门时忘带钱包了，您行个方便……”

老太太的眉毛竖了起来：“我们这儿有规定，行方便必须得买门票。”

老王说：“老姐姐，我不是不买，身上真没带着钱，您说我这么大岁数，能为这两毛钱把脸拉下来吗？”

老太太道：“不是你一个人这么说了，不带着钱，出门干吗？我这回让你进去了，再来一个怎么办？我们的制度还执行不执行？”

老王见央告半天，老太太不露通融之色，心急火燎，小肠一个劲蠕动，“下水道”眼瞅就要冒水。

老王实在是憋不住了。活人不能让尿憋死。他脑子里转悠着小时候，他爸爸说的这句格言，蓦然发现街头的小花园里，一个三岁小孩在撒尿。得了，我这老脸也不值钱了！

他跳进了小花园，来到一棵大柳树下面，急不可耐地解开了裤腰带，刚要……

猛听背后有人大声呵斥。

老王打愣的工夫，过来一个老园丁，拍着他的肩膀：“老同志没看见那竖着小牌儿吗？随便吐痰便溺，罚款十元，再则说您这么大岁数，就不怕寒碜吗？”

老王臊得满脸通红，看来，今儿是非让尿给憋死不可了。

几近绝望，老王又提拉着裤子，回到了刚才那座厕所。

老太太像法官似的，坐在那里嗑着瓜子。

“找到门票钱啦？”她打量着老王问道。

“没有。老姐姐，您瞧，我实在是没带着钱。您看……实在不行，我把这块手表押在您这儿，回头我把钱给您送来……”

老太太堪称“执法”模范，铁面无私：“不行，我们不兴这一套，只认门票，不认别的。”

老王恨不得要给老太太跪下了：“老姐姐，您先让我进去，我实在是憋不住了。”

“憋不住，你找别的地方去。”

“就通融这么一次……”

“告诉你不行，就是不行。”

老王彻底绝望了。他的忍耐已到了极限，“下水道”眼瞅就要“放闸”。

真是天无绝人之路。

一位上厕所的好心人，见老王让尿憋得脸色发绿，慷慨解囊。

老王接过门票，直奔厕所，还没容他解裤子，“哗——”一点儿没糟蹋，全都尿在了裤子上……

金戒指
他一辈子心里没脏过，快进八宝山的人啦，落下这么个黑点儿，转身他朝派出所走去。
时在戊戌年深秋月吉日马海方画于京华。
马

金戒指

安二爷的小眼珠亮了，凭他的眼力，手里的这枚戒指，是正经八百的“黄货”[1]，没跑儿。

“哪儿捡的？”他拉着孙子的手，小声问。

孙子把他领到胡同口一堆垃圾桶前。

“就在这儿捡的。我瞅它好玩儿，就戴手上了。”孙子说。

“捡的时候，有人瞅见没？”

“没有哇。”

安二爷拍了孙子屁股两下：“这东西脏手，有传染病毒，往后别捡啦。爷爷给你钱买贴画去吧。”说着，他从腰里摸出打酒的钱，给了孙子。

六岁多的孙子，打早就嚷嚷买“变形金刚”贴画，见了钱，乐得屁颠儿屁颠儿的。

“哎！”二爷又把孙子叫过去，压低了嗓门儿说，“捡这脏东西的事儿，可别告诉旁人，你爸你妈知道喽，非打你屁板

① 黄货——指的是黄金或黄金饰品。

子不可，谁也别说。”

“知道了。”孙子点了点头，转身跑了。

“是真的吗？”安二爷心里又犯了嘀咕。他活动了一个心眼，拿着那东西奔了银行。

“含金量二十四K，五克重。嗯，得值八九百块！”验金的小姑娘不无惊羡地说。

安二爷心里踏实了，用大手绢把它包了个严实，心里像揣了块石头。

说话就奔八十啦，他不戴这路东西，可儿媳妇结婚前，就哭着喊着要个纯金的戒指。儿子在工厂当工人，每月的工资奖金加在一起不到一百块钱，他一个退休老头儿，更没底气买这个了。

他想起几个月前，儿媳妇还因为戒指的茬儿拌嘴。他听了心里不是滋味儿，老伴儿临死前曾撂下话：咱们欠儿媳妇一个戒指。

唉，想起这些，他就心里像针扎。一赌气，他拿出全部家底儿，想给儿媳妇买一个。可是到了金店一问价儿，他那点儿钱，只能买个银的。

“这年头，谁还戴银戒指？别寒碜人了。”他死了这份心。

真是天遂人愿。他忍不住又解开手绢，仔细看了看那“黄货”。

儿媳妇见了会乐疯的。他心里想。

要是把东西直接给儿子或儿媳妇，他们肯定会问这东西的来路，怎么说呢？回头说走了嘴，不是打自己的老脸吗？想到这一层，他的心一沉：还是先在自己手里藏着吧。

但我要这东西没用呀？早晚要拿出来，送给儿子和儿媳妇，怎么跟他们说呢？

直接说是捡的？捡谁的呢？想到这儿，他心里忽悠了一下，这东西是谁丢的呢？

他在这条胡同住了快六十年了，老街坊们跟他都是熟脸儿。他对这些街坊四邻，也都知根知底。

胡同里的住户富人不多，按人头说能戴纯金戒指的没几个。他的脑子里过起了电影，从上百号人堆里择出几个爱俏的媳妇和姑娘来。

会不会是张家的二丫头呀？她头几年卖糖葫芦发了家，穿得最“港”，那个娘儿们小的时候又脏又黑，胡同里人都叫她“小黑丫头”。

现在这小娘儿们也不知涂了什么粉，“小黑丫头”的面皮白净了，眉眼也顺溜了，一身的珠光宝气，相儿大啦，见了安二爷头都不带抬的。哼，真要是她的，这东西还就归他啦。

不能给她！他想起一句老话：捡的东西不算偷。话虽如此，可心里还是觉得不踏实，自己跟自己嘀咕个没完。

吃晚饭的时候，儿媳妇照例给他斟好酒，他闷头一声不言语。儿媳妇想想，没有什么过不去的事儿呀？

儿子举着贴画让她看，告诉她，这是爷爷掏的钱。儿媳妇咂摸出味儿来，敢情老爷子在孙子身上吐了血。怨不得呢。她哪儿知道老爷子的脉呀！

安二爷像是添了块心病。晚傍晌，他拎着马扎，摇着芭蕉扇，在胡同口的槐树下，跟老友们聊闲篇儿时，觉着大家伙儿的眼神不对。

也是巧劲，他心里正嘀咕着，张家的二丫头骑着摩托带着她儿子，打他身边开了过去。他瞟了二丫头一眼，二丫头像是没他这个人似的，他心里撒了灰。

没容他细想，李家在饭店工作的大儿媳妇燕子，下了班回家，从胡同口走过来。往常燕子见了他，总要冲他笑一笑，叫声安大爷，今儿却一反常态，看到他却扬而不睬，耷拉着脑袋走了过去。

怎么个茬儿？他身上直冒冷汗：是那档子事儿露了馅？

他想起小时候，有一次偷了卖糖人的一个小人儿，心里就是这么发毛。细想他这一辈子再苦再累，没贪过小。

对了，二十岁那年，他给东城一个大宅门拉“包月儿”，主人的姨太太常让他拉着，到一个戏子家偷情。为了掩口，姨太太给过他一副银镯子，当时接过来没事儿，可事后，腻歪了好几年，最后，他把那副镯子白送给一个“叫花子”，心里才踏实。

在过日子上，他手头儿紧，也透着抠门儿，这另说，可他从没贪过，心里是干净的。这会儿，为这么个戒指……想到这一层，安二爷的喜兴劲儿一扫而光。

这一宿，安二爷没睡踏实。

“爸的老病是不是犯了？”儿子在外屋对媳妇说，“明儿带他上医院吧。”

天没亮，安二爷便拎着鸟笼出了家门，刚出胡同口，迎面碰上了张家的二丫头，跟她爷们儿推着摩托在走。他心里一紧，立在老槐树边，愣愣地瞅着他俩。

油门打着，二丫头撩起了裙子，露出光滑的大腿，很悠闲地坐好，戴上了头盔。

“哎！”安二爷喊起来。

二丫头一愣：“哟，安爷呀！您这么早就起来了？”

“嗽，人上了岁数，觉少。”他的眼睛盯着二丫头的手指头，“二丫头，你的戒指……”

二丫头抬起玉臂，嗲声嗲气地说：“哟，您看着好哇？”

“不，我是说它……”

“问问价儿是不？”二丫头的中指和无名指各戴着一个挺大的金戒指。

她摘下一个，示给安二爷：“您开开眼，这个纯金镶宝石的一万块，您要想老来俏，赶明儿我送你一个。”

这不是骂人吗？二爷觉得有点儿臊眉耷眼的。

二丫头戴上戒指，嘻嘻笑起来。那爷们儿嚷道："跟老头儿瞎逗什么闷子？麻利儿走你的吧，嘁。"

油门打着，一股白烟把安二爷吞没了。

呸！安二爷望着开出胡同的摩托车背影，从嗓子眼儿撴出一口痰，狠狠儿地啐在地上，愣了片刻，转身走了。

不是她的，又是谁的呢？嗐，甭管是谁的啦！

不知怎的，安二爷下了狠心，东西再好，绝不能要！捡的宝贝要是自己"昧"了[1]，不光是"脏"手，还"脏"心呢！他一辈子心里没脏过，快进八宝山啦，落下这么个黑点儿？

他觉得心里发堵，猛然间想起了什么，朝派出所走去。

---

① 昧了——自己藏起来了。

烟雾弹
来了辆出租车，他招了招手，上了车，等门
脸，一挤咕小眼睛说：以后这招儿试试准灵。
戊戌年深秋海方画

烟雾弹

“咣当”一声，车停了。不知是什么站。我揉开惺忪的睡眼，把脸贴在玻璃窗上。

风吹着干枯的树木，沙沙作响，车站昏暗的灯光在清冷的夜幕里忽明忽暗，灯影里晃动着十几个人影。

列车徐徐启动，上来几个新面孔，引起安静的车厢里一阵骚动，昏昏欲睡的人们睁开了眼睛。

一位块头很大的汉子，身上带着一股寒气，指了指我对面的空位子，问我有没有人？未及我表示什么，他宽大的身子已经把那狭小的空间塞满。

过了一会儿，他站了起来，把随身携带的几个大包，放在我头顶的行李架上，我下意识地仰起脑袋向上瞅了瞅。

他有三十多岁，从打扮看是个长期跑外做生意的人，脸的皮肤很粗糙，一对小眼睛显得十分疲倦。他从挎包里拿出一副眼镜戴上，随手翻出一本外语书读起来。

我瞥了他一眼，暗自揣摩他的身份，由于戴上了眼镜，又看洋文，我改变了他最初留给我的印象。

他是干什么的呢？教师？工程技术人员？我疑惑起来。

火车停在了一个小站上，呼啦啦上了许多人，把通道填满。我对面的旅客依然翻动着他的外文书，时不时抬起头，扫两眼通道上的人。

点燃一支烟，我静静地观察对面那位看外文书的“书生”。突然我发现他手里翻阅的外文书是倒着看的。

难道他因为睡意不经心拿错了吗？可看他脸上的神情，却读得十分专注，而且嘴里喃喃自语。

是他在装样子吗？我想起几年前会外语是一种时髦。一个朋友告诉我，为了显示自己有学问，第一次与女友见面时，手里拿着一本外语书装门面，仿佛自己很有学问。

难道这主儿也在充相儿吗？但是他并不是要会女友，坐火车来这一套假招子干吗呢？

车厢里骚乱起来，一位女乘客叫嚷着自己的钱包被偷了。乘警被惊动了，人们纷纷检查自己的行李，有两个可疑的人受到质问后，被乘警带走了。

折腾了有一个多小时，车厢又恢复了平静。我对面的乘客依然旁若无人地在看书，刚才的骚动似乎并没有影响他的读书兴致。

列车就要到我去的那座城市了，我开始整理行囊，准备下车。对面的那个“书生”也把书收起来。

他摘下眼镜，看看我。我们相视一笑。他也在这一站下车。

火车到站了，我们前后脚走进站台。夜很深，寒风吹开我的上衣，我打了个冷战。

在车站外边，我们不期而遇地准备“打的”。

一辆出租车从我们身边开过。我摆了摆手，车没有停。我递给他一支烟，他没有接，自己掏出一支点上。

等车的时候，我跟他寒暄起来：“您是本地人？”

他微微一笑说：“不，我到这儿来做生意。”

“那您是搞科研的吗？”我有意这样问他。

他嘿嘿笑起来：“我只上过小学三年级，哪里能搞科研？”

“那您一定是从国外回来的。因为我看您在车上一直读外文书。”

他不好意思地喷出一口烟说：“嗨，那是烟雾弹。您知道我是长期在外边跑生意的人，每次出来办事，都带着几万十几万现金，不搞点烟雾还行？”

“烟雾弹？”

他径自笑起来：“你觉得很奇怪是吗？”

“是。”

他自我解嘲地说道：“这也是逼出来的主意。我让人掏过包的，有一次，我坐车上广州，半路上来几个流氓抢钱，懂吗？我坐的那节车厢一连十几个人被抢。而一个老头却没人敢动，他手里拿着一本外文书，一看就是文化人，这年头文化人都穷，流氓对他们不屑一顾，身上只有几十块钱，您说跟他犯得上吗？可我们这样的人就不然了，身上带着的都不是小数。打那儿起我有经验了，每次出门都带着书。”

“带书？”

“是呀，手里拿着书，别人不知道我是干什么的。你没看见吗，刚才在车上，小偷偷走了那个打扮得像阔太太的女人的钱包，却不会对我下手。这就是戏剧效果。”说完，他咯咯地笑起来。

又一辆出租车开过来，他招了招手，上了车，从车门探出胖脸，挤咕了一下小眼睛说：“我可跟你泄密了，你往后不妨试试，这招儿准灵！”

车开走了，消失在浓浓的夜色中。

我呆呆地立在那里，眼前浮现出他戴着眼镜的斯文举止和摘下眼镜的真实面孔，心头为之一震。

用看书来做“烟雾弹”，他的话让我有一种异样的感觉，像电流一样涌过我的身体，突然觉得有些发冷。

一辆出租车开过来，我招了招手上了车，车站在身后隐退，直至消失。

搬家
戊戌年深秋月海方作于京華

搬 家

可盼到了这一天，广福大爷要住新楼了。政府要展宽马路，他那间住了四十年的小屋，正好压在了“红线”上。有福气！

领到了钥匙，叫来儿子儿媳，带着老伴儿出了城。有心雇辆出租车，也过回瘾，可是，在马路边站了二十多分钟，“大团结”[①]在手心攥出了汗，到了儿，没舍得扬胳膊。[②]

蒲黄榆小区，七层三居室。推开门，四白落地，大窗户占了半面墙。嗬，这豁亮！

小时候，他来过这地方。胡家村的蛐蛐儿，九城闻名。记得那年，他跟一块捡煤核儿的德子，为逮一只“梅花翅”，在这儿守了两宿，困得丢了魂，倒地上睡着了，让臭蚊子把脸叮了个大毒包。

他俩把这只“梅花翅”拿到天桥，卖了十个铜子，乐得屁颠儿屁颠儿的。

---

① 大团结——二十世纪九十年代用的十元人民币纸钞。

② 扬胳膊——招手，打出租车要在路边招手，车才能停。

德子早已作古，而他，没承想在这儿安了家。

新屋子得配新家具。儿子要把那些旧家具送委托行，再贴俩钱，弄套组合柜。

他瞪起了眼睛："你们瞅着别扭，放我这屋。"

搬迁是喜兴儿事，别让老头起急。儿子和儿媳不再言声了。

老街坊们都来给广福大爷道"乔迁"之喜。广福的心气儿正高，邻居来道喜，得让人家喝杯喜酒。

柜子里藏着托老友淘换到的两瓶"五粮液"，正好能给他抬面儿。儿子动手，炒了几个菜。

酒一入肚，话透着多了。广福大爷蹬了一辈子三轮，这间房是他爸爸留下来的。这么多年，能有今天，不易！

老人们忆起住这小院的苦恼，屁股蛋大的地儿，因为放车碰了谁家的花盆，盖小厨房挡了邻院的窗户，儿子淘气上房够枣，踩坏了街坊家的瓦，由此产生的不和反目，甚至骂街数道，不论秧子。

此时，这些陈芝麻烂谷子都心里翻腾着，可是谁也没有提起，好像那是一本陈年的皇历，不值得翻。

这顿酒，说是祝贺广福家"乔迁"，不如说是广福大爷跟大家道别，心情复杂，所以越喝越有滋味儿，直到半夜，孩子们都合上了眼，他们还在叙旧。

第二天，儿子单位来了一辆"130"。街坊们都过来帮忙。广福大爷的眼神没离开他的那些家底儿。当看到人们把那磨秃了角的条案、掉了一条腿的八仙桌、快散了架的条凳一股脑儿搬上了车，他心里才踏实下来。

折腾了大半天，老房子空了。广福大爷的心里透过一丝凉意。

墙上贴着的“哈德门”香烟盒，还是他父亲抽剩下的呢。地上是一些破酒瓶，破报纸。蓦地，他发现墙角有样东西。捡起来，是泥蛐蛐罐。

嘿，这可是好玩意儿！他用袖子擦去上面的积土，记忆在脑子里浮现出儿时的天真。

这是个已然摔得失了原形的澄泥罐，可谁能知道它是“万礼张”的罐儿呀！“万礼张”可是明朝人，这个罐儿已经有六百多年了，而且是那个小德子留给他的念物。广福大爷很金贵地把它用报纸包了起来。

老街坊们跟他道别，他不停地点着脑袋，眼眶里汪着老泪，在春阳之下闪动着晶莹的光。

他迟迟不愿上车，跟人们握了几次手，像有许多话要说。当汽车驶出胡同时，他的泪才滚落下来。泪水在唇边，他品出了苦与甜的滋味。晴美的阳光照在他的老脸上。

出息
〃哎哟喂！玉国你怎么也不说一声〃
出息〃都会难得，都是领导临时决定，没
来的急跟哥们儿们打招呼。
戊戌深秋

出　息

一

陆晖生平头一遭造访大机关。进门不但要亮身份证，还要跟接待的人通电话，他心口窝揣起了兔子，拨了两次，电话没通，临来时媳妇给他打的那点气儿泄了一多半。

陆晖有心就此打退堂鼓，可眼面前忽地浮现出石京生的笑模样。他能对老同学不开面儿？

陆晖又拿起电话拨，巧了，他听出京生的小细嗓儿。寒暄之后，京生问他“贵干”。

“贵干？”怎么这小子说话这劲儿了？跟老同学说话也用官场的口气吗？贵干？我不贵，也不干！话到嗓子眼儿打了个转儿，他又给咽了。

突然想到了聚会。他们一拨儿进厂的哥儿们每年都要聚一次。他说起这茬儿：“怎么样？”

“平时太忙，整天开会。春节吧，我做东。”

不管怎么说，京生还是答应了，陆晖心里添了点亮儿。

他本来想说跟他见个面儿，坐在一块儿聊几句，但京生在电话里的语调透着急促。

“晖子，找我有什么事儿吗？”

“嗷，没什么事儿。”陆晖心说，没事儿，我吃饱了撑的跑这儿找你？但他好像已经看出来，即便是把求他的事儿说出来，这小子也会找出一百多条理由来搪塞他的，所以他的话又拐了弯儿。

“那好吧，我正开会，领导在讲话，咱俩有话，聚到一块儿再说。”

“咣”，电话挂上了。陆晖的心一沉，沁出一丝凉意。

开会？八成是一种推辞。他惘然若失地看着电话机，好像京生在电话机里对他张望。到什么山上唱什么歌，他现在是站在山上呢，而我是在平地上，当然唱的歌不一样了。在传达室愣了半天，他似乎想明白了。

但咂摸一下，他又心里不服气，毕竟在一起念过书，还在一个厂子干过活儿，虽说地位变了，但情分还应该在吧？可是转念一想，这年头，情分值几个钱呀？人家张嘴说话都“贵干”了，跟你还是一个层次的人吗？

他突然觉得自己比京生矮了半头。唉，若不是后脊梁让媳妇戳着，跑这儿跌这个价儿来？姥姥！

他后悔不该到这“衙门口儿”来。

二

陆晖跟京生都是一条胡同长起来的，俩人又一块参加的高考，一块儿落榜，又前后脚进厂当的工人。京生能进那个工厂，还是陆晖的老爹托人要的名额。

京生的父亲是中学老师，那会儿，当老师不得烟儿抽，中学老师就更不值钱了。但京生的父亲一直暗中栽培自己的儿子，训练他写文章，练毛笔字。

当时，字写得好是一宝，因为工厂用毛笔字的地方很多。凭着一笔好字，京生在车间没干几年，就脱了工作服。进厂部办公室了，后来，京生又重新参加高考，终于如愿以偿地上了大学。

大学毕业分配的时候，京生在工厂当工人的履历占了便宜，当时部委机关特别需要有基层工作经历的毕业生，京生顺理成章地进了国家机关。

陆晖也写毛笔字，算是“童子功”，但他没有京生练得刻苦，进工厂后，他干脆就把“童子功”给荒了。

一块进厂的小哥儿们都知道，京生是凭一笔好字坐的办公室，所以陆晖经常拿这说事儿：“我要是不把毛笔字丢了，办公室哪儿有京生的地儿呀？”

他说的不是大话，因为他的老爹是工厂上级公司的头儿，他想坐办公室，老爹说句话的事儿。但陆晖不想靠老爹吃饭，他宁愿在车间干活，觉得当工人踏实。

让他更踏实的是，他早早儿找着了对象，而且二十岁刚过就办了事儿，转过年就当了爹。他抱着孩子满大街转悠的时候，京生大学刚毕业。

小富即安，他的小日子离“小富”还差得远呢，但他得乐且乐，外人瞅他一天到晚优哉游哉的劲头儿，以为他发了意外之财。

意外之财他没发，却得到了意外之“裁”，孩子要上中学那年，厂子倒闭，他意外被“裁”下岗，泡了两年，被买断工龄，打道回府。

京生和陆晖走的不是一条路，虽然陆晖这么多年，一直在工厂，没挪过窝儿，直到工厂倒闭，在家赋闲，混得并不舒心，而且更谈不上出息，但他一直引京生为自己的骄傲。

当别人说起他们这拨人的失意时，他总会抬出京生：“谁说我们这拨人没出息？石京生现在已经是局级了！”那口气，好像他自己是局级干部似的。

正因为他跟京生有这种关系，所以在他想拿买断工龄的几万块钱开个装裱书画的门脸，办营业执照遇到麻烦的时候，媳妇想让陆晖找京生出面儿说句话。

三

毛笔字这会儿已经叫书法了。陆晖下岗回家，闲极无聊，又把“童子功”拾掇起来。他的行草写得相当好，楷书也很不错，作品参加了几次展览，受到行家好评，获了奖，还加入了书法家协会。如今，他走到哪儿，别人介绍他时，都是书法家陆晖。

京生也写书法，没有书法，也许他不会有今天。如果他的书画店开张，京生裱字儿不是也有地方了吗？一举两得的事儿！

以京生现在的身份，跟工商部门打个招呼，办个工商营业执照，那还叫事儿吗？但京生的一句“贵干”，让他舌头短了。

正月初三，陆晖在家备了一桌酒席，昔日工厂那帮哥们儿牵儿偕女地都来了，唯独没有京生。

陆晖给他的手机打了N个电话，都是关机状态。没辙，也许还在开会。

酒过三巡，哥儿几个脸上发热，先是数落，后是埋怨，最后是糟改，一顿饭的工夫，把京生给说“没”了。

陆晖光顾闷头喝酒，没抻茬儿，媳妇用筷子点他的脑门：你呀，真是窝囊到家了。

陆晖哪儿还有勇气找京生呀？

四

转过年，这帮人再聚会，京生依然没露。

席间，一个哥们儿道：“石京生可有日子没露面儿了，是不是……现在的官不好当。”话里话外，好像京生犯了事儿。

“出息？哈哈，石京生这回可真出息了！”有人顺水推舟，仿佛京生真的栽了。

众人被这几句话搅乱了方寸，一时间，京生犯事儿成了主话题，片刻的惊愕，转瞬释然，每个人都沉不住气了，都想抒发一下自己的感慨和宏论。

这个说，京生当了局级干部谱儿大了，连见咱们哥们儿都怕丢份儿，这回可倒好，“出息”了！

那个说，他压根儿就不是当官的料儿，一个中学老师的儿子，有什么根儿呀？这下进去了[①]吧？认倒霉吧！

还有落井下石的说，报应！不是谱儿大吗？真是应了那句老话：爬得高摔得狠，像咱哥儿几个踏踏实实当工人，至于栽这么大跟头吗？

陆晖冷眼看着大伙儿，一声没言语，他似乎从大家的兴奋里悟出了什么，觉得心里堵得慌。

---

① 进去了——北京话，进公安局，被抓起来的意思。

五

开春，陆晖的营业执照办了下来，其实办照并没有他媳妇想象的那么复杂。很快，书画店也开了张。陆晖觉得自己有事儿干了，而且还是在别人看来有出息的事儿。

他让老婆帮他印了两盒名片，名字前面印上了“书法家协会会员”。

“直接印上书法家不得了。”他老婆说。

“我哪儿敢自称是书法家呀！当上协会会员就已经很出息了。”他颇为得意地说。

这天，陆晖出门办事儿，身后有人喊他。他扭过脸一看，敢情是京生。

几年不见，这小子瘦了，脸小了一圈儿，下巴尖了，眼镜片好像也深了几度，身上的西装有点儿懈里光当的。

“什么时候出来的？”陆晖上下打量着他，吸溜着舌头问道。

“上个礼拜。”

“那里边，罪没少受吧？”

“还行，不吃点儿苦，哪来的甜呀？”

“甜？你可真行！都到那里头待着去了，还琢磨甜呢？”

“哪里头呀？”

“哪里头？你怎么还问我呀？你不是……你进去多长时间？”

“两年半吧。”

“判得不重。”

“没事儿，这次是进修，出国进修。”

“什么？你是出国了！”陆晖惊诧地叫起来。

“是呀，我出国了。”

“哎哟喂！出国，你怎么不言语一声呀！”

“机会难得，而且是部里领导临时决定，走得匆忙，没顾上跟哥儿几个打招呼。”京生不好意思地笑了笑说。

陆晖的心里又撞倒了五味瓶，脸腾地红了。

“你这是去哪儿呀？”京生问道。

“回家。”

“别回家了，上次春节聚会，说好我做东，可我在国外，跟大家失陪了，这回得找补一下。走！”

“家里还有事儿呢。”陆晖说。

京生给了陆晖一拳：“跟我，你还装？有事也得让步，我们多长时间没喝口儿了？”这话好像不是京生的小细嗓儿说出来的。

陆晖绷不住劲儿了，两条腿不由自主地跟着京生朝他说的餐馆走去。

武爷
武爷不练，看本爷的吧！！
喵喵几声，铁掌照着
铁棍剁去，转眼间，铁棍剁成了五节儿。
戊戌年深秋月海方作

武　爷

武爷姓武，据他自己说，他也练过武。他的嗓门儿大，声音也传得广，练不练的，他的姓儿都带出来了，远近没有不知道武爷是练武术的爷。

武爷年轻那会儿，下天津卫跑过码头，在北京，当过杠房的头儿，拉过洋车，退休前是三轮社的板儿爷。

老爷子没别的嗜好，就是好喝两口儿。不喝酒的时候，武爷说话办事儿也有板有眼的，但只要是酒一进肚儿，他就不是他了，话越来越密，嗓门儿也越来越大，说出的话也越来越没边儿了。

他说他十八岁那年练轻功，飞檐走壁，登上前门楼子，还抠下一块琉璃瓦。他还说，警察局抓住了他，把他关在了东城炮局胡同大狱，他施展缩身之术，愣从牢里铁栏杆的缝隙钻出来，逃了。说得神乎其神，反正信不信由你。

武爷的打扮不凡，夏天灯笼裤，冬天对襟袄，足蹬两道脸的布鞋。他永远是光头，脑门油亮，附近的人都相信他会三拳两脚。可有一样儿，谁也没见他练过功。

“这是吃到心里的功夫，练多了，我怕丢喽。”他说得十分坦然。

人们常说练武的主儿，都是井里的水，冷眼人瞅不出深浅来。越是含而不露的人，功夫越深。

“武爷教我们几手绝的。”胡同里的小青年给他作揖。

“去去，起什么哄？想学武，奔少林寺！”老爷子却给人一个冷脸儿。

这天，武爷在地坛的柏树趟子里又侃上了，讲的是当年在天桥拉弓。

他说话时，喷出一嘴的唾沫星子：“不跟你们吹，那可是天桥呀！什么地界？三教九流，藏龙卧虎。‘大刀张’你们听说过吧？我到他那儿去，他指着台上的刀枪架对我说：‘兄弟，能开几张弓？’我上手试了试，嘿，你们猜怎么着？一伸胳膊，一块儿拉开了四张弓！知道一张弓多少力吗？二百多斤！‘大刀张’当场要拜我为师。”

“收下他没有？”

武爷把眼一瞪：“能砸人家饭碗吗？我只是玩玩罢了。”

“嚯，武爷的功夫真够牛的！”人们不禁赞道。

武爷的胸脯子又往起拔了拔。

“您是不是喝了酒出的门？”旁边一个小伙子问道。

“起哄是吧？我大清早儿喝什么酒？你以为我吹牛逼呢？”武爷瞪了他一眼。

“老皇历了嘿！有本事你现在拉开四张弓试试？”那小伙

子确有点儿不服气的意思。

“拉弓？我这铁砂掌削铁如泥，你们信吗？不信，咱们就试巴试巴。”武爷的大嗓门传出有多远，这话还真把那小伙子给镇住了。

“得嘞，武爷，您牛！”小伙子赶紧给这老爷子点赞。

武爷说出铁砂掌削铁如泥这话有一个多月，还是在老地方，来了一位面生的年轻人，三十岁出头，敦实个儿，方头大脸，寸头小眼，抿着嘴角，脸上带着煞气。

武爷照例在公园遛了一圈儿，来到柏树趟子神侃。听他神聊的还是那些老面孔。

面生的年轻人扎进人堆儿，听武爷神聊了一段后，哼了一声：“天方夜谭！”

众人把目光投向这个年轻人。

“说什么呢？”有人质问。

“说大话呢！”年轻人把外衣脱掉，扔在草地上，把膀子一横，跟武爷打了个照面。

“你这是……”大伙儿正在诧异，年轻人已经走到武爷对面儿。

“武爷赏脸，把您拉弓的功夫露露。”年轻人嘿然一笑道。

“你……”武爷扫了他一眼，用不屑一顾的口气说道：“起什么哄？你呀，哪儿凉快哪儿歇着去！”

“歇着？咱俩谁歇着，还不好说呢！”年轻人冷笑起来，露出不论秧子的劲头儿。

旁边一个老者劝他说：“爷们儿，别惹事儿！回头再把小命搭进去，值不当的！”

“我倒要看看他的本事！”年轻人说着，脱了背心，亮出了板儿脊梁，腹部确实有几块肌肉。

“你想干吗？”武爷愣了。

“干吗？干这个！”年轻人从挎包里取出一个拇指粗细的铁棍儿，冲武爷说道，“您不是一伸胳膊能拉开四张弓吗？”

“那还有假？”武爷咧了咧嘴。

“行，力气够用！您把它一掌剁断试试。”

“剁开？”旁边的老者惊诧道。

“对，一掌剁断！”小伙子斩钉截铁地说。

武爷的脑袋耷拉下来，瞅着小伙子，仿佛一下卡了壳儿，话都说不上来了。

“行不行呀？”小伙子用挑衅的口气盯着问武爷，明显是在叫板。

“……你行吗？”旁边有人替武爷挡横儿。

“费话！不行，敢来跟武爷叫板。”有人在将小伙子。

“说话呀武爷！”小伙子不动声色地盯着武爷问道。

“我要不行，估计没人有这本事。”武爷终于开口说话了。

“说什么呢？”小伙子嘴角挤出一丝冷笑。

“甭吹。有本事，动真格的嘿！”有人嚷道。

这时看热闹的人越来越多，大伙儿的目光都集中在小伙子身上，看来他今天是被逼到了死胡同，不亮出点儿玩意儿，下不来台了。

“干吗呀你们？逼我？”

“多新鲜呀？是你说出来要单手劈铁棍儿的！”替武爷挡横儿的人嚷道。

“得啦。光说不练假把式！诸位上眼，看看这棍儿是不是纸糊的？”

小伙子把手里的铁棍，递给身边的那位老者，老者用手掂量了掂量，点了点头，又递给身旁的人。验证了一圈儿，大伙儿确定这的确是一根铁棍。

铁棍儿又回到了小伙子手里，小伙子向众人扫了一眼，突然吼了一声：“武爷不练，看本爷的吧！”

说完，他左手攥着铁棍儿，右手五指并拢，形如刀状，二目圆睁，屏气凝神，“嗨”地大吼一声，右掌照着铁棍剁去，只听咣啷一声，铁棍儿像刀切豆腐似的断为两截。众人不约而同地惊叫起来。

小伙子还不解气，又嗨了几声，“铁掌”照着铁棍剁去，转眼之间，那根铁棍儿被剁成五截儿。

众人目瞪口呆，再瞧武爷，像是泄了气的皮球，平日那股子牛气哄哄的劲头没了影儿。

打这儿往后，武爷不在地坛露面儿了，也不在人前人后讲武术了。有人见他拎着鸟笼子，常在朝阳门立交桥附近转悠，他改玩鸟儿啦。

事后，有个心细的老头儿，将那小伙子剁断的铁棍儿拿回了家。

有一天，家里小厨房漏雨，老爷子要用重物压遮雨的塑料布，想起了那几根断了的小铁棍儿。他拿出来过眼，突然发现铁棍的断面上残留着胶，再一细看，敢情每根铁棍的断面儿都有胶痕。

“敢情是个‘局’呀！”老头儿恍然大悟。

可武爷到了儿，也不知道自己是怎么栽的跟头。

秘宗拳
由打有了这本拳谱，他菜也不买了，饭都顾不得吃了，成天一边看一边比画着，真成了〻魔症〻。
戊戌年孫秋海方作

秘宗拳

京郊丰台有个菜农，叫孟学武。您听他这名儿，做梦都想学武。

两年间，他拜过三个师傅。

头一个师傅，见孟学武练功懈怠，只教了他一天。第二个，问他学武为了啥？他脖子一歪说："想让全乡的人都怕我。"师傅一听，扭头走了。第三个，教他先练站桩。他把脸拉长了说："这叫武术？"一句话将师傅给气跑了。

年初，他进城贩菜，在旧书摊儿上，瞅见一本发黄的《秘宗拳谱》，翻翻说明，只见写着："此拳谱乃五百年前峨眉山道长所传，墓中发现，世所罕见。"

孟学武乐得合不上嘴儿了，摊主张口要五十块钱，他一点儿没含糊，扔下钱就买走了。

自打有了这本拳谱，他菜不卖了，饭也顾不得吃了，成天价抱着拳谱，一边看一边比画着，成了"魔怔"。

"犀牛望月"，"咣"，一拳砸在门框上，玻璃碎了。"双锤震耳"，"梆"，暖壶让他给砸了。家里的鸡呀狗呀也跟着倒了霉，老婆刚买回五只猪崽，让他一个"蛟龙出海"，踹死仨。

老婆鼻子差点儿没气歪。他却嘿嘿一乐："娘子，你瞧我这功夫硬不硬。"

三个月，孟学武抱着拳谱出"师"了。

他置了身练功服，短裤短褂，大板带往隆起的肚皮上一系。嗬！这相儿大啦。

只要一见村里人的面儿，他不是起个"云手"，就是拉一个"山膀"。嘿，透着他有一身的功夫。

人们以为他犯了"神经"，都躲得远远儿的。他反倒自鸣得意，一拍胸脯对老婆说："全乡的人都怕我，我这功夫深不深吧！"

"深，深，都深到井里了！"老婆一气之下，带着孩子回了娘家。

"连老婆也怕我啦。"孟学武这儿，又得意起来。

这天，孟学武去城里卖黄瓜，他觉得一个瘦老头儿戗了他的行，人家的瓜嫩，价钱也便宜，不一会儿，两大筐黄瓜都出手了。

老头儿临走，扭脸儿看了孟学武一眼，其实只是随意，眼神也很平和。

孟学武却生气了："这不是斗气吗？"他把小褂一脱，亮出大板带，影壁似的往瘦老头儿跟前一站，眼珠瞪得比牛眼大，那架势要跟老头儿动手。

大伙儿一看，急了，这不是要出人命吗？三个瘦老头捆一块儿也不是他的个儿呀。

人们纷纷上前劝说。这一劝，孟学武反倒来了劲。

瘦老头儿开始还礼让三分，紧着赔不是说好话，可后来见孟学武蹬鼻子上了脸，便露出怒容。

“想动手？来吧！”孟学武不由分说，一个“黑蛇出洞”，冲老头儿心口窝儿打来。

周围的人不由得惊叫起来，谁能想到，孟学武的一拳打来，那老头儿却纹丝没动。

这下儿孟学武慌了，紧接着又来了个“饿鹰扑食”，想把老头儿抱住摔倒，老头儿像棵大树，仍然不动窝儿。

孟学武更急了，抬手又连打老头两拳，这回老头儿动了，只见他的身子轻轻一闪，抬起了右脚，随着一阵风后，就听“哎哟！”一声，孟学武被扔出老远。

孟学武嘴巴全是泥，门牙也磕掉了俩，趴在地上，起不来了。但是他的嘴还硬呢：“你这老东西敢跟我来黑手？知道吗，我练的是秘宗拳法。今后让你尝尝我的厉害。”

老头儿冲他淡淡一笑，跟没事儿似的，装上菜筐，推着车走了。

孟学武这个面儿算栽到姥姥家了，跌跌撞撞回到自己家，他从柜子里翻出那本《秘宗拳谱》，撕巴撕巴扔进了火炉里。

二叔的石榴
石榴花傲放在枝头讲述一
个动人的故事
蔺方画

二叔的石榴

二叔家的小院里种着棵石榴树。石榴的花期不长，边开花边结果，花萼与果实几乎同时在枝头挺立，随着和煦的春风摇曳。

每到石榴花开，二叔总要在树前伫立，仿佛是在微露金蕊的红花中，寻找一片温情，寻找久远的眷恋。

我知道二叔一定又在想她了。

她真像倏尔即逝的火红的石榴花。

那年，我九岁。有一天，二叔带着一个阿姨上我家。阿姨长得很美，她的名字就叫石榴。

二叔微笑着让我叫她婶婶。我调皮地说："我不叫她婶婶，我叫她石榴阿姨。"

她那白皙的脸，立刻变得石榴花样的红。

二叔开的是重型卡车，有时跑长途。那年九月，二叔去武汉拉货，临行前，石榴阿姨把一个布包塞到二叔手里："带上吧，路上吃。"

二叔打开布包一看，是两个火红的大石榴。二叔乐呵呵地说："看到它，就像看到了你。"

“你说像，就像吧。”石榴阿姨垂下眼帘，脸又红了。

二叔走后的第三天，我放学回来，父亲的表情很严肃。

“怎么啦？”我问父亲。

父亲看看我，没说话，把脸扭向窗外。我觉得奇怪，又去问母亲。

母亲的眼里含着泪，低声说道：“你石榴阿姨让卡车撞了。”

“啊！她现在在哪儿？”

“在医院抢救哪……”母亲哽咽起来。

我的脑子“嗡”的一下，然后发疯似的跑到医院。

大夫没让我进，我这时才知道，我再也见不到石榴阿姨的笑容了。

我们住的那条街是出城的必经之路，南来北往的车很多。

那天，下着霏霏小雨，石榴阿姨上街买菜，遇上一位老人摔倒在马路中间，她急忙上前搀扶，突然，一辆卡车开过来，老人被推在了一边，石榴阿姨却被卷到车轮下。

天空的浓云久久未散，压在我们心头，让人喘不过气来。二叔回来了，脸像铅一样的凝重。

他把那个布包打开，两个大石榴依然吐着晶莹的珠粒，石榴红得像火一样在燃烧……

二叔是个好司机，他舍不下那方向盘，他要让飞奔的车轮将悲哀碾碎。

思念是一种力量。从那以后，二叔更加努力地去工作，他的名字年年都上光荣榜。

石榴花傲放在枝头，讲述着一个动人的故事。花落了，落得那么坦然、那么安宁。

我蓦然想起杨万里的诗：“红紫成泥泥作尘，颠风不管惜花人。落花辞树虽无语，别倩黄鹂告许春。”面对树上的繁花硕果，二叔是用怎样的心情告慰石榴阿姨呢？

二十多年过去了，生活的路上留下了二叔坚实的车印。我想，二叔的心也该坦然，也该安宁了吧？

空欢喜
掌柜的把一本小册子递给了我，我一看没差点没背过气去，敢情我箱子里装的那点玩意儿，全在册子上面写着那。
取名斋
时在戊戌年深秋月马海方作于京华。

空欢喜

我自知是个无能鼠辈，却总惦记着抓挠俩活钱。当“倒儿爷”，没胆儿；练“摊儿”，又吃不了那份苦。只好另找别的辙。

这两年，我从电影电视上发现了门道儿，风水先生、相面、打卦、测字的术士们又都露了面儿。

不过，行头变了，不再是长袍马褂瓜皮帽、戴着眼镜、手里拿着把扇子的打扮儿了。名头也变了，不叫算命先生，改叫大师了。

大师，这名称多好呀！谁敢不拿大师当回事儿？

清明节，我特意奔八宝山转了一遭儿，回来这心里有了底。敢情上坟烧纸的不光是我们这号老眉喀哧眼的主儿，年轻人烧纸烧冥活的更来劲儿。

在早，北京有“棚行”，扎“丧棚”的专有冥活师傅，告给你阴曹地府里的事儿，男的死了，该穿什么装裹衣裳，女的死了，该往手心里塞点什么。

扎冥活，男女老少都有讲儿。这会儿的年轻人哪儿知道这些？甭别的，供桌上该摆点什么，烧纸活有哪些道道儿，他们懂吗？

这些玩意儿，早在解放初期就给破除了，谁承想这会儿又都一样一样出来了，不过现时的说法，这不叫迷信，而叫“传统文化”和“民俗”，有的还成了发展旅游的项目了，也该着让我这老帮壳露露脸了。

琢磨了好几天，把招牌想了出来，来个“传统文化咨询中心”，也弄个董事长干干。这个幌子一挂，管保宾客盈门。

谁搬了新家，想明白家具怎么摆放，墙犄角该放什么镇物？谁家娶儿媳妇，想知道婚礼怎么办？谁家老人“走了”，想知道“接三”“破七”是怎么回事？您甭多虑，只要到“传统文化咨询中心”来，不但详细解答，还负责具体业务指导。

我已然找好了办公的地方，准备向工商局申请执照，可心里忽然打起鼓来。

几天前，到东城的大街面儿走了一遭儿，寿衣冥活的铺子有十好几家，还有几家起名算命的门脸儿。

我走进一家挂着“取名斋”牌匾的小门脸儿，掌柜的比我大不了几岁，冲我一点头：“家里头什么人‘走’了？”说着，把一本印好的小册子递给了我。

我拿过一看，差点儿没背过气去。敢情我肚子装的那点玩意儿，全在上面写着……

唉，这步棋又走在人家后头了？真是一场空欢喜，“中心”没开张，就让人家给戗了。

这“饭碗”还敢端吗？

逗闷子
老李爱说大话，逗小张乐那还不是张飞吃豆芽——小菜一碟的事。戊戌年深秋蒲方绘

逗闷子

副食店的小张，有“千金难买一笑”的“美”誉。其实，她模样长得不错，偏偏“天然”加“雕饰”，描眉弄凤，往柜台前一站，知道的是售货员，不知道的以为是模特呢。

小张的脸沉下来的时候，樱桃小嘴成了木头桩子，用说相声的老季的话说，那小嘴噘的，能拴一头小毛驴。

老王买酱油，让这冷面女郎给“冰”了一下，打了好几天冷战。

这天，老王身上有点儿回暖，心里有了热乎气儿，突发异想，跟老季说：“您的这张嘴值钱，往台上一站，上嘴唇碰下嘴唇，能把大伙儿逗得前仰后合。可您这两下子，到了小张那儿未准灵。”

老季爱说大话，一听这话，立马瞪起眼：“逗她乐？那还不是张飞吃豆芽——小菜一碟。跟您说，我甭抖包袱，给她个哏，就能让她那樱桃小嘴出裂纹儿。”

老王冷笑：“您先别说大话，咱们打个赌，你两句话把她逗乐了，我掏钱做东，‘东来顺’‘全聚德’，随您挑。”

老季当时拍了胸脯：“好，君子一言，驷马难追。”

二人订了口头协议。

您别以为老季这回说的大话不贴谱儿，原来他心里有底，他的二闺女跟小张是同学，“明修栈道，暗度陈仓”，当天晚上，老季让闺女把小张请到家，面授机宜。

第二天，老季拉着老王，奔了副食店。

“姑娘，您给来一包方便面两袋盐三包胡椒面四毛钱的甜面酱五毛钱的淀粉六毛钱的大料七毛钱的酱豆腐八毛钱的黄花。”

老季像说绕口令儿，一口气儿点了十几样货。老王听了直想笑。

“您跑这儿说相声来了？”小张噘起嘴。

“说相声？是呀！吃葡萄不吐葡萄皮儿不吃葡萄……”老季一边说，一边使眼色。

小张无动于衷。

老季开始起急：“姑娘，我再给您来段绕口令儿，从南边来了个哑巴手里拿着个喇叭，从北边来了……”

小张翻起了卫生球眼珠儿：“您累不累呀？我可是上班呢！”

“打住！打住吧！”老王哈哈笑起来，拽着老季回了家。

老季的面子栽大了。不能食言，只好掏钱准备请客，没的说了。不过他不明白为什么跟小张已然说好的事，她怎么到时候掉了链子呢？

事后，老季把小张叫到家，纳着闷儿问道："你那天怎么没笑呢？"

小张的嘴噘了起来，嗔怪道："嗨，您不知道，我一瞅您后头站着的那个老头儿，就气不打一处来，想笑也笑不起来了。"

"原来如此！我这不是瞎逗闷子吗？"老季一拍巴掌笑道。

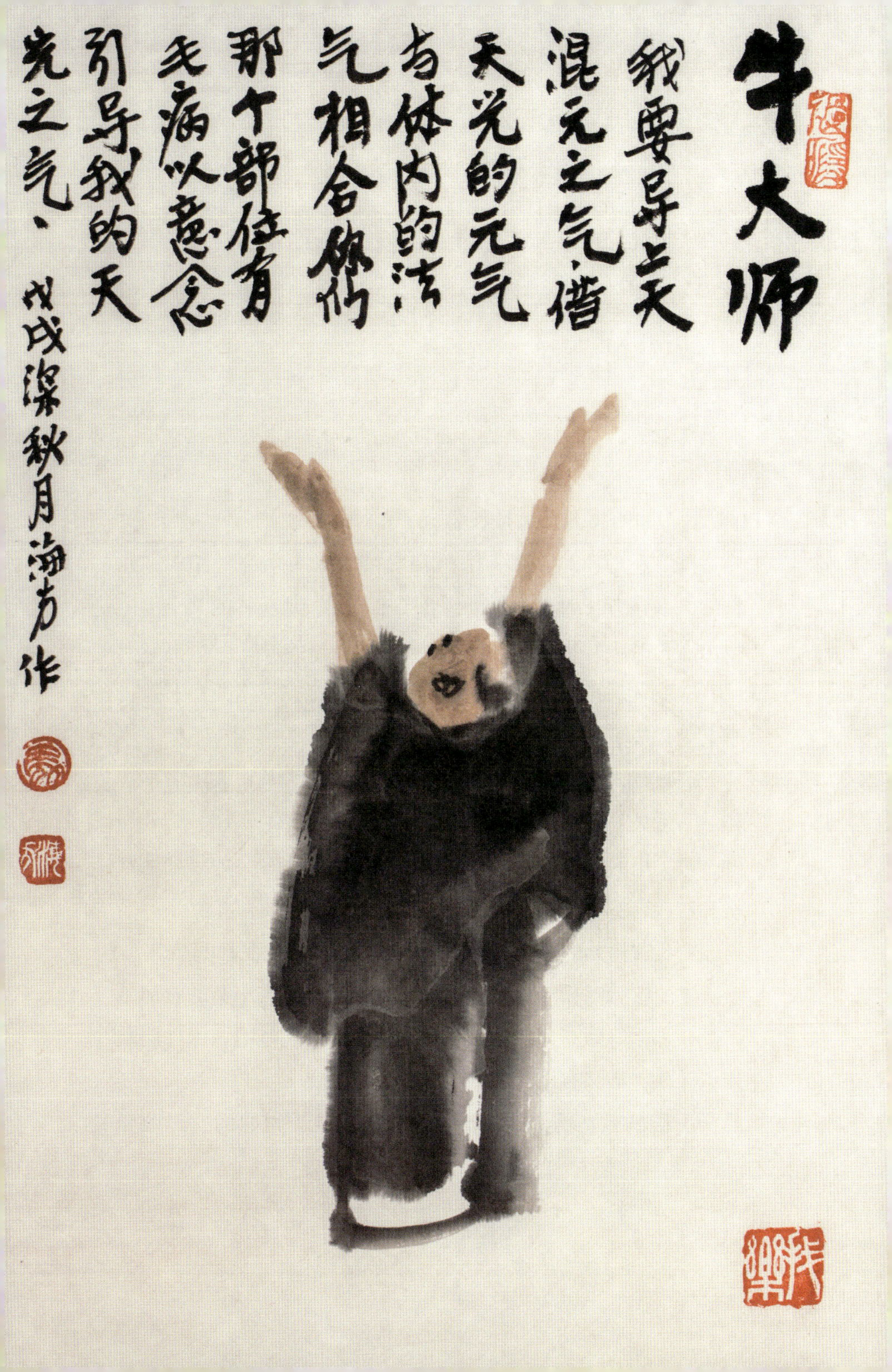

牛大师
我要导上天
混元之气，借
天光的元气
与体内的法
气相合，你们
那个部位有
毛病以意念
引导我的天
光之气、
戊戌深秋月海方作

牛大师

上篇

这故事有趣儿，也是真的。

机关这几号人仿佛一下子沉到“气海”里，平时精气神儿饱满，身强力壮的主儿，也像着了魔似的，从身体的某个部位找出点儿毛病，然后去感受牛大师玄妙功法的气感。

“那玩意儿像是过电，包治百病，练吧，没错儿！”处长李老太太成了义务活广告。

“瞧我，自打练了气功，不吃药了。牛大师，人家名不虚传。”副处长老冯也随声附和。

机关里的人都知道李老太太是医院的回头客，如果把她家里和在办公室存的药，敛到一块儿，开个卫生站有富余。

“我这样儿的能练吗？”怀孕三个月的小秦犯起嘀咕。

“能保胎呢！”牛大师张开五个手指头，在小秦的腹部晃了晃，那手好像是超声波扫描仪。“行，行，练吧，保你能顺产。”牛大师胸有成竹地给孕妇打了包票。

小秦恨不能给大师作揖。她听过好几个姐妹的“经验介绍”，生孩子是那么的难受。想到分娩那一刻，她腿肚子就打软儿，这下可找到了救星。

以往工间休息或是午休，男同志的乐趣是打牌和下棋，女同胞是打毛活、逛商店或相互介绍家庭生活经验。

自打牛大师来到机关，大家伙儿一到中午，撂下饭碗，便抱着肚子，耷拉着脑袋入了“境”。

有一天，办公室王主任到李老太太的那个处通知开会，一推门吓了一激灵，喊了几嗓子没人动，他以为一屋子人都中了暑气。

主任正要给保卫处打电话，甚至想到了“120”，突然觉得背后有一股凉气，他急忙转过身去，只见牛大师在冲他微笑：“感觉怎么样？”

“什么怎么样？”主任怔了怔，问道。

“你的心脏。”牛大师指着他的胸部说。

“啊，心脏，噉，是有点儿发慌。”让大师一说，主任突然觉得自己的心脏有点异样。

“我这儿给您发着功呢。”牛大师神情自若地看着主任笑道。

“是吗？”主任不置可否地摸了摸自己的胸口。

主任外号“杠头”，平时专爱抬杠。他压根儿不信外气这玩意儿，嫌太耽误工夫。

再说牛大师的气功并不白发，明码标价，耗一次气，五百元人民币，机关的行政经费本来就不宽松。

自打那天牛大师给主任发了功后，他总觉得自己好像是添了什么病。

“让大师给你瞧瞧吧。”李老太太给他出了主意，“包好，真，包好！”

主任嘴上没说什么，心里却想：我吃饭睡觉总觉着胸口窝儿像塞着一块棉花。八成是姓牛的冒坏，给下了家伙。

因为平时王主任对大师并不感冒，经常在人前背后数落他，对他的功法也一直怀疑，所以，保不齐大师要给他一点儿颜色看看。想到这儿，主任身上直起鸡皮疙瘩。

人吧，越有疑心的事儿，越觉得可疑，疑到后来竟信以为“真”了，王主任认准了牛大师在他身上施了魔法，让他心脏出了问题。

那天夜里，他突然觉得心绞痛，急忙让儿子打“120”，叫急救车。到医院一检查，果然心电图不正常，血压也高了，血管也动脉硬化了，他开始坐立不安了。

他把自己的心事告诉了李老太太。解铃还须系铃人。李老太太给他出了个主意：“你这病，去找牛大师，包好！”

到这会儿，王主任不想再搬杠了，再让大师给自己发一次功，弄不好，老命得交待了。

偏偏那几天，李老太太又给牛大师拉来一拨人，大师的队伍扩军，王主任借着这个机会，终于下了“海”①。

大师头一次给王主任发功，他十分虔诚，像香客进了寺庙的门。

“去吧，到那间小屋去。”大师没抬眼皮，下着命令，“立在这儿，全身放松……”

“您在哪儿发功呢？”主任问。

“这你甭管，你静心等着接气吧。”

王主任进了小屋，想象着自己进入了带气的空间，身体突然觉得发飘。他两眼微闭，气沉丹田，全身开始放松了……

大师把门一关，在隔壁房间里的沙发上坐下，闭上了眼。

天气很热，屋子不通风，二十分钟后，主任浑身冒出了汗，身子仿佛真的飘了起来。

“这大概是气感吧。”他想。

四十分钟以后，他受不了啦，那脑袋发沉，身子打晃儿，舌头打卷儿。“哎哟，这小子的功法真厉害，怎么发起气来没结没完呀！”扑通一声，他栽倒在地上。

“师傅，快收功吧！我受不了啦……”他大喊着，没人应。他又喊了几嗓子，还没人应。

王主任战战兢兢爬起来，将牛大师的房门打开一道缝，只

---

① 下了海——参加到练功的队伍里。下海一词最早是戏曲术语，即由业余票友转到专业，后来意思延伸，由圈外到圈内，也说是下海。

见大师在沙发上闭着眼，鼻孔发出均匀的鼾声。

“嗯？他睡着了……”

主任呆若木鸡，僵在那儿了。

下篇

“十点钟在礼堂看牛大师接‘天气’啦！”李老太太的喇叭嗓子，亚赛电台广播员。

“天气，今儿没刮风呀？”刚调来的技术员小乔歪着脖子瞅瞅天，调皮地眨眨眼。

李老太太没理会他的揶揄：“开开眼吧小伙子，到时候你就全信啦！”

“信什么呀我？天气吗？”小乔惑然不解地问道。

“对呀，天上的‘混元之气’，我已经跟你说了好几遍了！”李老太太神秘地一笑。

十点钟，机关工间休息。各处室除了领导和看门的老赵头外，全聚在小礼堂里了。

小乔瞅见身怀六甲挺着大肚子的小秦，也扎在人堆里，觉得十分好笑。

牛大师今儿换了身“行头”，土黄色的道袍压着脚面，拖着地，他脸色肃然，像泥塑。

礼堂的所有窗户被打开。天空，太阳被厚厚的云层遮住。

闷热，没有一丝风，像要下雨。

靠窗有一个方桌，牛大师便步拧腰，跳了上去，沉了片刻，只见他脸上的神情凝重，声色肃然，煞有介事，那股劲头儿颇似做“法事”的老道士面对虔诚的信徒。

“我要导上天的混元之气，借天光的元气，与体内的浊气相合。”大师向在场的人扫了一眼，淡定自若地说，“诸位入静。四梢归一，意守丹田。身体哪个部位有毛病，便用手轻抚，以意念引我导的天光之气……”

大师的话音刚落，室内一片沉寂，五六十人，有的摸脑袋，有的捂后腰，有的抚大腿，小秦抱着自己的肚子。

“没有毛病的捂哪儿呀？”小乔一时找不到下手的地方，嚷了起来。

“那就捂心吧！心诚则灵。”牛大师看了小乔一眼。

“管什么用呢？”小乔小声嘀咕着。

“有病治病，没病可健身延寿。”牛大师道。

小乔心里暗笑，大师这话有点儿像街头卖狗皮膏药的。

很快，大家伙儿低着脑袋，合上眼“归”了“一”，只有小乔窥视着四周。

这时，牛大师双手高扬，抖动长袍，那架势如同拔树。他嘴里振振有词：“咪嘛、咪嘛欧吽”，那样子十分古怪。

“这就是导天光之气吗？”小乔直想笑，可看大家一个个沉迷如醉的表情，强忍住了。

此时，一块墨玉似的阴云飘过来，天色变得黯淡起来，一阵凉风从窗外吹拂而来，快下雨了。小乔想。

突然，听到牛大师喊了一声："身体放松，各部位发热后别动，静默三分钟。"

"怎么样？"小乔悄声问李老太太。

"这儿热乎乎的发烫，你呢？"李老太太指着胸部，一本正经地说。

小乔连忙用手捂着胸口："我？我这里也热着呢。"

"全身放松，用手指打身体各部位。"大师又下了指令，礼堂一片拍击声。

"真灵呀，刚才天怎么就一下全黑了呢？"

"大师导的气呀！"

"你的胃感觉怎么样？"

"立马舒服多了。你的腰呢？"

"嗯，能直起来了嘿！你瞧，这天光之气可真神了！"

小乔听着这两位的对话，差点儿没笑出声来。

"牛大师今天又露了一手绝招呀！"李老太太异常兴奋。牛大师一脸得意之色。

小乔突然想起陆游的一句诗，并脱口而出："丰城宝剑已化久，我自吐气冲斗牛。"

牛大师不懂诗，还以为是在夸他。

"一口气能把牛冲跑，难道你不信吗？我只要发功，吹走十头牛，也不成问题。”牛大师对小乔说。

“哪儿和哪儿呀？‘牛斗’是牛吗？是天上的星宿！”小乔瞪了大师一眼。

“新秀？我练功都二十多年了，怎么成了新秀？”牛大师又糊涂了。

“您说的是什么呀？”小乔不再理他了。

小乔今天收获不小，他知道导“天光之气”是怎么回事了。

“假如我要穿上那身黄色的道袍，肯定会比牛大师的‘功法’还高。”小乔咧着嘴说。

印象
每到冬天
胡同里总
有人看到一
位老人拎
着个柳条
编的小篮子
卖他炒好
花生，五分钱一小碗花生
大概也就是大人的手一
小把吧。
戊戌年

印 象

春节刚过，一场突如其来的雪，静悄悄地覆盖了这座城市。因为到西城办事，我特意来到儿时生活的胡同。

胡同现在已变成大街。眼前的一切景物都是洁白，只有记忆中的胡同，在茫茫的白色中，变得清晰起来。

风在空中打着旋，太阳露出了半个脸。在寒风中，露出半个脸的太阳，让人并不感觉温暖。阳光映在雪地上，白晃晃的，有些刺眼，只有记忆中的胡同，在这冰天雪地中，让我空寂的心涌起一股暖流。

我眯细了眼，迎着阳光，任寒风在我的脸上不停地抚摸。

这情景，让我想起儿时在胡同的雪地上眺望追寻，我追寻的是渐渐远去的吆喝声："卖花生喽！"

每到冬天，胡同里的人总能看到一位老人，拎着一个柳条编的小篮子。篮子里有炒好的花生，还有一个酒盅大小的碗。五分钱，一小碗花生，大概也就是大人的手一把吧。

他大概是乡下人，吆喝中带有京郊音的怯味儿。记忆中的老人有七十多岁的样子，步履蹒跚，一走三晃。

我把五分钱递过去，他猫腰从篮子里盛了一小碗花生。我用冻得通红的小手接过去。

看着我为这把花生脸上流露出的喜悦，他有些兴奋，伸出枯藤一般的手，轻轻地摸了摸我的脸蛋。

没有任何言语，他只是咧开厚嘴唇，露出半颗残损的门牙，嘿然一笑。

这笑写在他那苍老的脸上，似乎比哭还难看，但它却是那么真诚，胜过千言万语的真诚。

多少年来，这笑意一直印在我的脑子里，像雪花落在洁白的纸上，留下洇湿后的痕迹，即便是在阳光下，那痕迹也难消退。

我踏着雪地前行。雪地上有来往行人踩过之后留下的痕迹，也有来往车辆留下的车辙。雪地上的印痕，在阳光下变得黯淡了，那是积雪将要融化的迹象。

雪飘落在地上，踩的人多了，雪便失去了它的本来面目，然后被阳光融化，直至被寒风卷走水汽，在空气中彻底蒸发。雪一旦融化，谁还能记起雪地上留下的痕迹呢？

蓦然，我意识到被白雪覆盖的路面，已经不是我儿时踩着的黄土地了，它早已经变成了柏油路面。

那个卖花生的老人早已经不在人世了，可是他的笑意还印在我的脑子里。胡同幽静得出奇，仿佛浮躁的心绪也随雪花飘落下来，那躁动的心情在沉寂中变得冷静了。

我的耳畔又响起“卖花生喽”那带怯口的吆喝。只是这吆喝非常遥远，在我脑海中的一个角落回荡。

鬼使神差一般，我在楼群中看见了那个小院。灰砖灰瓦被白雪掩映着，但院子轮廓在白色的世界里又是那么惹眼。尽管在高大的楼群中，小院显得矮小零落，在充满现代化气息的林立大厦中，小院像是被历史遗忘的一件古董。

当然，历史并没遗忘这个小院。我在小院的墙上看到了“重点文物保护”的标志牌。院门的黑漆已被风雨剥蚀，斑驳陆离，两边的门板朱漆可见，但也早已不是本来的颜色。门墩上的小狮子没有了，上面雕刻的花饰已面目全非，院墙的墙皮也掉了不少，这个院子至少有一百年了。在寒风中，小院弥漫着一种幽苍。

我看到了房子瓦缝间几棵枯萎的小草在风中摇曳，那草在白雪中昂着头，尽管早已失去了生命，却显出几分坦荡。

这个小院，我太熟悉了。跨车胡同13号。儿时，我就知道这个小院，曾经住过一位著名的老人。

用“曾经”，是因为在我很小的时候，老人已离开了人世。我只是在画册中见过他的面容。那是一个慈眉善目，胸前飘着长髯，神闲气定的老人。

后来，我长大了几岁，才知道他叫齐白石，他的画儿是那么有名。

记得上小学一年级的时候，家里来了一位远方的客人。我的外祖父拿出一幅齐白石画的《虾》，跟这位客人谈论他和齐白石的交往。他的脸上流露出十分得意的神色。

那时，我还小，他们谈话的内容，我一点儿也记不起来了。只有那幅画儿和外祖父脸上的神色，印在了我的脑子里。当然这幅画在后来红卫兵抄家时，被弄得不知去向。

我的外祖父，包括那位远方的客人也早已作古了。记忆中，我的外祖父跟齐白石先生有过交往，否则齐先生不会把自己的作品送给他。

我家住在高华里，与跨车胡同都在辟才胡同一条大胡同里，离得很近。也许是因为有这种记忆吧，每次路过这个小院，我都会向这个很普通的院门多看几眼。无数幻梦、猜想、希冀都凝固在这深深的一望中。

我曾经产生过一种异想，渴望有一天从小院里走出那位手拄青藤、步履稳健、胸前飘着长髯的老人。

有一次，我真的看到了从这个小院走出一位老人。我的心骤然紧跳，一下屏住了呼吸。可是当我赶走了慌乱，凝神端详，老人的胸前并没有长髯。

我有些失望。当然，我永远也不可能看到那位大画家，从这个小院走出来。长髯留给我的记忆竟是如此深刻。

有一年夏天，我冒昧地进了小院，院里的房子极普通，并没有我想象的那么特别。在小院的花池子里，我看到了盛开的丁香，还有几株芍药和牡丹。一个葡萄架，枝繁叶茂，满是绿荫，还没有到结葡萄的时候，但不大的花池，却充满生机，让人在盎然中感到勃勃生气。

院子里没见到人，只感受到一种幽静中的陶然。听人说齐白石老人为了创作，曾在这个花池子里种过丝瓜、苋菜、花生和南瓜等植物，但是我没看到。

听我的外祖父说，北房是齐白石老人的画室，画室有他亲笔书写，并操刀刻下的篆书“白石画屋”匾额。我往北屋探了探头，并没看见这块匾额。这给我留下些许遗憾。

多年以后，我在一部记述齐白石老人生平事迹的书中看到，老人生前曾在“白石画屋”的匾额上，另有落款写道：“南岳山下有邺侯书屋尚存，千秋敬羡，丁巳，余五十岁来京华心胆尚寒，于城西买一屋卖画，屋绕铁栅。如是年九十矣尚自食其力，幸画为天下人称之。其屋自书白石画屋，不遗子孙，留为天下人见之一叹，而后，或为得保千秋，亦如邺侯书屋之有幸也。庚寅九十岁白石。”

从这个落款，可以看到一位九十岁老人的平和心态。

齐白石老人是同治二年十一月二十二日，即公元一八六四年一月一日，出生在湖南湘潭一个叫白石铺的偏僻小山村。十五岁为生活所迫学木工雕刻，二十七岁，拜湘潭名士胡沁园、陈少蕃的门下学画。一九二二年，陈师曾带他远渡日本搞画展，从此名扬海外。

四年以后，他定居北京，在跨车胡同的这个小院落脚。在这个小院，他生活了三十年，直到一九五七年离开人世。

白石老人在作画上，六十岁变法，以大写意享誉中外。九十岁的时候，他还以画谋生，“尚自食其力”。可见其童心未泯。

老人用自己卖画的钱购得这个小院，并将北屋自书“白石画屋”，同时表明心迹：“不遗子孙，留为天下人见之一叹，而后，或为得保千秋，亦如郧侯书屋之有幸也。”

我曾反复咂摸“留为天下人见之一叹”这句话。难道白石老人已经预见到他“百年”之后，小院的情景吗？

是的，现在有谁在这林立的楼群中，看到这沧桑的老屋，不为之感叹呢？

人们叹息的是岁月的无情。面对历史留下的痕迹，抚今追昔，想到当年老人在小院兴趣盎然的作画情景，谁不为之一叹呢？

齐白石先生的一幅画儿，现在艺术品拍卖会上，少说也要百万。几年前，在一家拍卖公司举办的“秋拍”上，他的草虫册页已经拍到了两千多万元人民币。人们在欣赏老人的艺术时，在炒作他的画作时，有谁能想到跨车胡同的这个小院？

在雪地上独自漫步，我的思绪渐渐地飘忽起来。两位老人的影子不停地在我的脑海中萦绕。一会儿清晰，一会儿模糊，一会儿由远而近，一会儿由近而远。

两位老人，一个是卖花生的凡夫俗子，另一个是闻名中外的大画家。他们都已经作古，而今，人们记住了大画家齐白石，有几个人能记住那位卖花生的老人？

人们都会在生命的旅途留下印迹，就像在这白茫茫的雪地上行走，留下自己的脚印一样。可是当太阳出来，白雪融化以后，脚印没有了，谁还会记起那脚印？

会的，不管是伟人，还是凡人，只要在这世上生活过，都会或多或少或深或浅地留下自己的足迹。那位卖花生的老人，也许他的孙子都记不起他的形象了，可是我还能记住他那抑或是悲怆的微笑。

在白雪还没融化的时候，我在跨车胡同这个小院伫立良久。“白石画屋”仍在，但是跨车胡同却没有了。白石老人的画儿还在，但他的音容笑貌却没有了。

一只麻雀轻轻地落在了屋檐上。在清冷的雪的世界里，我又看到了房顶的瓦缝间那昂头挺立的小草。

啊，它可真坦荡从容呀！谁说它已经枯死了，当春风来临时，它又会发出新绿。

蓦然，我的眼前又出现了那飘着长髯的老人。啊，谁说白石老人的音容笑貌没有了？

印象
在白雪还
没完全
融化的时我
在倏跨车
胡同这个
小院伫立
了很久、白石
画屋仍在
戊戌年深秋海方作

字典的故事
我眼前蓦然浮现出那个梳着大辫子的漂亮女老师。
"啊一晃儿四十年了，想不到你成为名作家了！"刘老师感叹到。
戊戌深秋海方作

字典的故事

一

小时候的许多事，已经觉得很遥远了。但有些记忆却是刻骨铭心的。现在闭上眼睛，那会儿的一些往事如在眼前。

有一次，一位朋友问我："你小时候，最亲的朋友是谁？"

"朋友？最亲的？"我沉吟了一会儿，突然笑道，"字典。我的朋友是字典。"

"什么，字典？"朋友疑惑不解地问道。

我点了点头："嗯，也许它跟我的交情最深。"

"字典？你跟字典是最亲密的朋友？"

朋友沉了片刻，似有所悟，说道："在那个特殊的年代，许多事儿现在听着奇怪，那会儿很正常是吧？"

"也许是吧。"我意味深长地看着他说。

沉了一下，他问道："你跟字典结缘，难道有什么故事吗？"

他的这句话让我陷入了回忆。

二

我说的字典，就是现在通用的《新华字典》。它是由商务印书馆出版的，是中国最畅销的字典。从一九五七年出版到二〇一七年，已经再版印刷了一百七十多次，销量超过四亿册，到现在仍然是中小学生的必备书。

我小时候，家里很穷。这种穷，不单是物质上的贫穷落败，还有精神上的窘迫不安，或者说是一种心理压抑。

我六岁的时候，父亲被打成“右派”，发配到东北，很长时间杳无音信。年轻的母亲带着我和只有两周岁的妹妹，搬到了姥姥家。

当时母亲没有正式工作，只能靠打零工和给人当保姆，每月挣二十多块钱，养活我和妹妹，那日子可想而知。

穷并不可怕，最让我感到苦闷的是孤独和精神压抑。当时，中国社会讲“阶级斗争”，地、富、反、坏、右，被视为“黑五类”，属于阶级敌人。我是“右派”的儿子，况且又“没”父亲，可以说，时时处处都会遭到别人的冷眼，受到人们的歧视。尽管我那会儿，还是个乳臭未干的小毛孩子。

二十世纪六十年代初，国家遇到连续三年的自然灾害，粮食和副食品供应非常紧张，家里的日子更加艰难。母亲怕我饿出个好歹，便把我送到了我大爷家，暂度饥荒。

我的祖籍是山东青州。我大爷就是我爷爷的哥哥，他是个民间艺人，会刻驴皮影、糊纸活，小的时候“闯关东”，在辽宁省昌图农村落了脚。

找我大爷那年，我六岁多一点，用北京话说，还是个“小屁孩儿”。临行的时候，母亲塞给我几块零花钱，还给我买了几本小人书。

她拉着我的手说：“如果在火车上闷得慌，就看看小人书。”

我是揣着这几本小人书，一个人上了火车。六岁的孩子就敢一个人坐火车，现在想起来令人难以置信。

当然，在上火车前，我母亲把我托付给列车员，在路上照顾我。在火车上，我看了一路小人书。

三

辽宁省的昌图县紧邻吉林省，是东北大平原上的一个产粮大县，土地肥沃，有茂密的树林，还有一条大河。这里的农民不愁吃喝，而且远离政治，倒有几分田园生活的感觉，只是冬天非常冷。

我大爷只有一个女儿，很早就远嫁到哈尔滨，昌图农村只有他和老伴在一起生活。我的到来，给他平静的生活带来了一些乐趣。

当时我大爷已经六十多岁了，但是身板非常硬朗。他家有一个大院子，养着猪和鸡，家里还有一个很大的菜园子，种着各样的蔬菜。

大爷性格温和善良，老实本分，平时在地里干活，农闲时刻皮影、糊纸活、刻挂钱儿，赶到年根儿，到集上去卖，挣点儿零花钱。

从北京的小胡同来到东北大平原，一切都觉得很新鲜。很快我就跟村里的孩子混熟了。村口有一个大草甸子，一望无际。

夏天，甸子里长满芦苇和野草，五颜六色的野花点缀在草地上，散发着幽香。牛马在草地上悠闲地吃着草，鸟儿在草甸子上尽情地啼鸣，不时还有叫不出名的鹞鹰在上空翱翔。

我们这些孩子光着屁股，在草甸子里尽情地玩耍嬉戏，在河里摸鱼捞虾，不知道世上什么叫忧愁。

冬天，大雪让草甸子披上了银装，漫天皆白，太阳显得那么温暖。我跟村里的大人们到冰面上凿洞打鱼。捞上鱼来，便在甸子里架起篝火，烤鱼吃。

临近春节，大爷带着我到镇上赶集。集市像是北京的庙会，除了有各种吃食、日常生活用品小摊儿，还有十里八村的“社火表演”，以及东北的“二人转”，让我流连忘返。那真是无忧无虑的日子。

转过年，我大爷看村里跟我一般大的孩子都上了学，生怕耽误我的学业，也去找中心小学的校长，想让我也念书。

校长的姓名我已忘记，只记得他长得有些古怪，尖下巴，三角眼，脸上有块疤痕。听说我是北京来的，他对我大爷说，我不是村里的人，毫不留情地把我拒之门外。

开学好几天了，看到别的孩子都上学了，我却无学可上，我大爷心里很不是滋味。

四

我大奶奶性格倔强，干事也麻利，平时家里的事儿都由她拿主意，听说校长不让我上学，她沉不住气了："怎的就不让孩子念书呢？甭听他的，上！"

我大奶奶的劲头，好像她是教育局局长似的。

她没听我大爷的，给我缝了个书包，还买了件新衣服，让我跟村里的同龄孩子一起进了学校。

但教室的门是进了，我没有学籍呀！板凳还没坐热，我就被班主任老师给轰出了教室。

就这么回家，我怕大奶奶生气，于是，便悄悄躲到树后，别的孩子上课的时候，我就在教室外面偷偷地听。

农村的小学校，条件很简陋，只有几排房子，十几间教室，连正经的操场和院墙也没有。

有老师见我站在教室外面往里愣神，以为我犯了什么错儿，被老师给轰到外头罚站呢。

一连几天，我在教室外边偷听，也没人管我。我尝到了甜头，每天背着书包跟村里的孩子一起去上学，别的孩子上课的时候，我就在教室外边偷着听。

村里的小学校，除了校长还有七八位老师。教语文的老师姓刘，名字很好听，叫秀梅，家住在县城，当时有二十多岁，个子高高的，长着一双漂亮的大眼睛，梳着黑油油的两条大辫子，显得挺文静。

有一天，我在教室外边偷听她讲课，小学一年级的课以识字为主，课文非常简单，但她能根据课文讲一些有趣的故事。

我在教室外面，听得正入神，背后一只大手揪住了我的耳朵。我回过身，仰起头一看，原来是校长。

“你怎么又来了？不是跟你说过吗，不许你来。走，马上给我出去！”校长疾言厉色地要把我赶出学校。

我觉得很委屈，看着他脸上阴云密布，不敢再说什么。正不知所措，教室的门开了，刘秀梅老师走出来。

刘老师温和地看了看我，笑了笑，转身对校长说：“你别怪他，是我叫这孩子来的。我正要找你，能不能让他当旁听生？”

校长冷冷地说：“不行，他不是咱本地人，没资格在这儿念书。”

“好吧。”刘老师好像也有点儿惧怕这位校长似的，微微皱了一下眉头，不想跟他争辩。顿了一下，她很不情愿地对我说：“你先回家吧，以后别再来了。”

我突然感到孤独无助，看了一眼面沉似水的校长，又看了一眼无可奈何的刘老师，满脸羞愧地低下了头。

在往校门口走的时候，我回过头，看见教室的窗户上，贴着几张村里孩子的脸，他们朝我挤眉弄眼地笑着，顽皮的笑意里分明带有一种奚落和嘲讽。

我觉得自己像是犯了什么罪似的，很想找个地缝钻进去。多少年以后，我还清楚地记得当时令我难堪的场面。尽管我那会儿还不到七岁。

从这天起，我再没进过这所学校，不但不想进，甚至不想看到它。校长的威严，让我感到恐惧，像让马蜂蜇了以后，见着马蜂窝就想躲，像让捅炉子的通条烫了一下以后，再也不想碰它一样，我实在怕见那个凶神恶煞般的校长。

我不敢把心里的委屈，跟我大爷和大奶奶说，我同样怕我大奶奶那双眼睛。

每天早上，我照例背着书包，带着大爷给我备好的粘豆包或粘饼子，跟村里的孩子们一起出了村。村里的孩子去学校上学，我却一个人跑到大甸子里玩。

到了大甸子，我便忘了一切，像一头小马驹，尽情地在草地上撒欢儿，下河捉鱼，上树掏鸟蛋，一个人玩起来也挺开心，有时跟村里的大人在大甸子里打野鸟。

玩到太阳下山，我估摸着村里的孩子该放学了，再往家走。这时，大奶奶早把晚饭准备好了。

淘气和贪玩是孩子的天性，玩了几天以后，心就变“野”了。我天真地想，校长不让我上学正好，这下我可以放心大胆地玩了。

上学干吗？在大甸子里玩多开心呀！孩子的思想是单纯的，只想眼前的事儿，想不到未来。

多少年以后，我曾想，假如不是遇到了那位刘秀梅老师，假如没有那本字典，我也许会成为一个大字不识的人。

因为人对自己本来所向往的事情，努了半天劲儿，最后却碰了一鼻子灰，受到心灵的伤害，很容易会让人心灰意懒，这种伤害也许是刻骨铭心的。一旦伤心变成了失望，很难再重新找回当初的自信心。

当时，我对上学已不抱什么希望了。玩，多有意思，为什么偏要去上学呢？在大草甸子里玩野了以后，即便是我母亲把我带回北京，我也对上学没什么兴趣了。

五

那天，我跟村里的一个大伯，到大甸子里去打野鸭子，回到家太阳已经下山了。

正是家家户户做晚饭的时候，村子里炊烟袅袅，空气中的柴烟味糅着炒菜的油香。我跑了一天，肚子正咕咕叫，嗅到这种味儿，忍不住多吸溜了几下鼻子。

也许大奶奶早把晚饭给我预备好了吧？想到这儿，我不由得加快了脚步。

奇怪的是，大爷家的院子显得很静，那只小柴狗摇着尾巴朝我跑过来。我猫腰理了理它的毛，突然听到北屋有个熟悉的声音在说话。

我竖起耳朵，听出是刘秀梅老师，心里不由得一怔：她来大爷家干什么呢？

我悄没声地来到窗根底下，只听大爷一声长长的叹息：“这孩子命苦呀！”

我听出他们是在谈论我，便屏住呼吸，悄没声儿地听下去。

这时，只听刘老师说：“我一开始也搞不懂校长为什么对他那么厉害，前两天，学校的一个副校长告诉我内情，我才明白是怎么回事儿。敢情他爸爸是‘右派’，公社书记已经知道了。”

“他都知道啦？”我大爷叹了一口气说。

“大爷，我跟您交个实底吧，现在搞运动呢，我们每天都政治学习，可严了。谁敢沾‘右派’的孩子呀？校长也是没办法呀！”刘老师压低了嗓门说。

屋里传来我大奶奶的声音。老太太比较耿直，亮着大嗓门："他爹是他爹，他是他。孩子又不是'右派'，凭什么不让他上学？不行，我明儿得找校长说理去！"

我大爷又叹了口气，拦住了她的话，沉吟道："唉，你去说啥呀？啥也别说了，谁听你一个老娘儿们瞎嘚啵呢。算了，我看不让他念书也挺好，真上了学，他也受气。这是何苦呢？既然他投奔我来了，我也不能让他荒着，先让他疯跑一段时间，然后，让他跟我学手艺，刻挂钱儿、刻驴皮影，只要有这门手艺，一辈子也不会发愁混不出碗大米饭来。"

屋里沉默一会儿，只听刘老师用轻柔低缓的语气说："他可正是念书的年龄，哪儿能就让他这么混下去呢？学手艺，也得识文断字呀！我看还是应该让他学点儿文化。人没文化，一辈子也不会有什么大出息的。我看这孩子挺懂事，也聪明，有灵气，千万别让他就这么疯跑，回头我想想办法吧。实在不行，我单给他开小灶吧。"

"那可谢谢你了，大侄女。"我大爷说道。

"谢什么，咱们两家的关系，还用说谢吗？"刘老师说。

后面是我大奶奶的声音，她非要留刘老师在家里吃晚饭，刘老师说还有事，执意要走。

我大爷和大奶奶把刘老师送到门口时，他们发现了我。

刘老师叫着我的小名儿，走到我面前，她好像知道我听到了刚才大人们的谈话，用手摸了摸我的脑袋，莞尔一笑说："跑累了吧，快去吃饭吧。大奶奶早给你烀得老棒子（玉米）

了。”

我抬起头，凝视着她，不知是心里感到委屈，还是她的抚慰触动了我受伤的心，泪水夺眶而出。

“别哭了，孩子。进屋吧。”刘老师轻声说。

我发觉她说这话时，那双美丽的大眼睛也湿润了。

六

几天以后的晚上，我跟我大爷在院子里剥棒子。东北农村秋收后，要把掰下的玉米，剥皮，挂起来晾晒。晾干后，再剥玉米粒，磨成面。大奶奶在灶上做饭，院里弥漫着柴锅熬碴子粥的淡香味儿。

我剥得正起劲儿，突然听见有人叫我。我一抬脑袋，只见刘老师拎着一个小提兜进了院。

“快进屋，大侄女。”大奶奶拎起一块黑抹布，一边擦着手，一边把刘老师让到屋里。我大爷和我也跟着进来。

寒暄过后，刘老师对我说：“我是来给你送书本的。”

她说着从提兜里，掏出两本书和几个作业本。书是小学一年级的语文和算术课本。

我喜不自禁地翻着崭新的课本，连声说：“谢谢刘老师。”

我大爷和大奶奶也很高兴，不停地说着感激的话。

刘老师看我不停地翻着课本，微笑着问道：“你认识上面的字吗？”

我说：“有的认识，有的不认识。”

我说的是实话，别看我没上过学，但是我从小是在我外祖父家长大的。我外祖父是清末的秀才，也是京城的藏书家，家里藏书非常多。

我五六岁，就接受严格的家教。我妈带我和妹妹住到我姥爷家以后，姥爷便教我背古诗文，还有一些启蒙读物如《三字经》《百家姓》《千字文》等。

姥爷对我要求极严，古诗文背不下来，他便用画案上的镇尺打我的手板。谁不怕挨打呀？所以我硬着头皮也得背。

此外，我姥爷还让我练习写字，小学生用的“米字格”本，一天写两篇儿。这样一来，我就认识了不少字。所以小学一年级的语文课本上许多字我都认识。

刘老师让我念了几篇课文。一年级的语文书很简单，我磕磕巴巴居然都念了下来，这让她感到很意外。

她对我大爷说：“没想到这孩子还真是上学的料。”

我大爷连忙说：“我们刘家就我没出息，他爷爷念过大学，他爸爸是大学老师呢。”

刘老师笑着说：“怪不得呢，看来我还教不了他了。”

我大爷连忙说：“大侄女可别这么说，他识的这几个字，只够就饭吃的。你还得教他，你不教他，这孩子在我这儿可就耽误了。”

刘老师说："耽误不了，这孩子很聪明。"她转过身问我，"你学过汉语拼音吗？"

我愣了一下说："没学过。没人教过我汉语拼音。"

刘老师说："你一定要学会汉语拼音，这是识字的'拐棍'呀。"

我大爷接过话说："他没上学，上哪儿学这个去。大侄女，你就多教教他吧。"

刘老师想了想说："大爷，这几天我一直在琢磨怎么帮着他识字。我白天上课，晚上还要照顾我爸，不可能天天到这儿来，我想给他找个'老师'。"

我大爷急了："别别，找谁也不如你。再说，我们家这种成分（指出身），谁会上门教他呀，还是你来吧。"

刘老师笑道："大爷，别急呀。我已经把我的'老师'给他带来了。"

我大爷伸着脖子，往窗外看了看，说："带来了？在哪儿呢？"

刘老师从提兜里掏出一本《新华字典》说："这不是嘛，它就是我带来的'老师'。"

"老师，是它？"我大爷拿过《新华字典》，愣了一下说，"它怎么是老师呢？"

刘老师说："这本《新华字典》里有一万来个字。多了不说，如果他能认下里头的三千个字，看书看报、写文章就不发愁了。”

我大爷说：“那敢情好，可是他怎么就能认下这么多字呢？”

“我给他找‘拐棍’呀。”

“拐棍？”我大爷纳闷儿地问，“什么拐棍？”

刘老师说：“汉语拼音。”她转过身对我说，“汉语拼音有二十六个字母，有二十一个声母，还有三十五个韵母。你如果把这些都学会了，再认字典里的字就很容易了。我先教你学汉语拼音好吗？”

我说：“好呀，我听你的刘老师，你教我什么，我学什么。”

“好吧，我会上心教你的。”刘老师摸着我的头说。

七

刘秀梅老师为什么对我这么好呢？原来她父亲跟我大爷，是拜过把子的兄弟。

他们家住在县城，她父亲跟我们都是山东老乡，比我大爷大几岁。

老哥儿俩会一样的手艺，刻挂钱，刻驴皮影，糊纸活、冥活（办丧事用的纸人纸马等），只是头两年，坐大车下乡，马惊了，他从车上掉下来，胯骨摔残，不能下地行走了。

后来，我跟我大爷到他家看过他。老爷子长得慈眉善目，心地善良，很喜欢我，临走时，还塞给了我两块钱。

自从刘老师送给我课本和字典后，学校放了学，她便上我大爷家，教我学汉语拼音。

我从b、p、m、f 开始学。她断断续续教了我两个多月，到了那年的冬天，我总算把二十一个声母和三十五个韵母记下来，而且能用汉语拼音查字典认字了。

这之后，刘老师来我大爷家的时候就少了，因为她父亲又得了脑溢血，她要在病床前照顾老爷子。

刘老师送给我的这本《新华字典》，确实成了我的“老师”。我本来很贪玩，但这本字典却拴住了我的心。

我觉得查字典认字特别有意思，每天拿着它不离手，认下一个字，我便在刘老师送给我的方格本上，把它抄写十多遍，直到把它记住。

不到一个月，我便把刘老师送我的方格本用完了。我大爷看我这么用心学习，很高兴，又到县城的文具商店，给我买了十多个方格本。

东北的冬季十分冷，天寒地冻，村里的人都懒得出门。东北人管过冬叫“猫冬”，所谓“猫冬”，就是在家里猫着不出门。

我永远忘不了那年冬天，外面北风呼啸，窗户上挂着霜花。我大爷把火炕烧得很热，屋里点着煤油灯（当时农村还没有电灯），我在灯下抄字典，我大爷在一边刻挂钱。他一刻就刻许多，等进了腊月，拿到镇上去卖。

大奶奶在我身边，让我脱了白天穿的棉袄，穿上我大爷穿的皮坎肩，她戴着老花镜，在我的棉袄上捉虱子。

当时，东北农村几乎人人身上都长虱子。这虱子藏在棉袄里，吸着人血，弄得人身上总是痒痒得慌。

大奶奶捉到一个虱子，便用牙咬一下。她说不能让人身上的血糟蹋喽，咬得她嘴唇上血丝呼啦的，好像她的牙掉了，流了血似的。

我们各干各的活儿，一直到午夜，我大奶奶咬虱子咬得嘴唇发麻，说一声："累了，不逮了。"然后，拿起长长的烟袋杆儿，抽两锅子烟。

我们看她直打哈欠，也放下手里的活儿，准备钻被窝。这时，我已经抄了十几页了。

到第二年的开春，我已经把字典上的字，抄了近一半，虽然我死记硬背，但有的生僻字笔画还是记不住，不过，常用的字能记下几百个了。

这期间，刘老师来过两次，翻看了我写字的方格本，见我写的字一笔一画，而且写了七八本，她很高兴地说："这小家伙学习真刻苦，继续写吧。照这样下去，能把一本字典的字都认下来，那你可就了不起了。"

我大爷听刘老师夸我，也觉得脸上有光。刘老师走后，特地奖励了我两块钱。后来，这两块钱让我在镇上赶集时，买了小人书。

八

在我大爷家生活的那些日子，由于被校长从学校轰走，我心灵受到了伤害。大爷大奶奶后来也知道公社和大队干部了解了我的出身，生怕村里的孩子欺负我，所以平时不让我跟村里的孩子玩了。

我没有小伙伴儿，也没有一般孩子玩的玩具，后来连大甸子也不去了。平时，我就躲在大爷家的院子里，闷了，就跟大爷家的那条小狗一块儿待会儿，性格变得比较孤僻，甚至少言寡语了。

在这种寂寞无聊的日子里，这本字典成了我最好的朋友。别人也许认为守着一本字典枯燥乏味，而我却从抄字典认字当中，找到了乐趣。而且这位“老师”，也确实让我认识了很多字。

我在我大爷家生活了两年多，一直以字典为伴。由于我一个字一个字地死记硬背，到我回北京的时候，已经能认下一千多个字了。

九岁那年，我母亲知道我在东北一直没上学，她怕耽误了我的学业，便让我回到北京。

转过年，我十岁，我母亲托人让我上了西城的二龙路小学。

一入学，我就直接读三年级的第二学期。老师发的语文书，我居然都能念下来，期末语文考试我还得了九十多分。语文老师以为我在外地念过书呢。

一天，语文老师问我："平时有人教你吗？"

我说："有，我的课外'老师'就是《新华字典》。"

"什么？字典是你的老师？"语文老师愣了。

说起来，我真正在学校读书的时间非常短。上小学五年级时，赶上了"文革"，我又失学了。一九六八年，我们这拨学生才上了中学。

那时，"文革"还在进行当中，学校基本不上文化课，除了大批判就是批斗会。批老师斗老师，老师还能给学生上课吗？

我因为出身不好，只好躲在家里。那时，中外古典文学名著被视为"毒草"，一些古代的典籍也被视为"四旧"。能看的除了革命书籍，似乎只有《新华字典》。

读《新华字典》谁也不会说我什么。于是在苦闷阴郁的日子里，字典又成了我最亲密的朋友。

当时，我曾立志要把《新华字典》上的一万多个字都背下来，背到后来，我就直接抄，背下一个字，就记在纸上。两年多的时间，居然抄了八千多个字。

十六岁那年，我初中毕业被学校分配到工厂当工人。还是由于出身不好，我被分配到木炭车间烧木炭，干了一年多，又跟师傅到北京和河北的山区传授烧炭技术。在山区烧木炭的艰苦日子里，伴随我的还是这本《新华字典》。

夜晚，山上的窝棚里又黑又冷，外面经常听到山里的狼嗥叫。我点亮油灯，读字典的情景，至今记忆犹新。

这么多年了，我已经翻烂了五本《新华字典》。后来我当了记者，又当了作家，发表了许多文章，也写了许多书。《新华字典》始终没离开过我的案头。

九

二〇〇一年的一个夏天，我的一本新书在西单图书大厦举办首发式，并为读者签名。一位白头发的老人拿着我的新书让我签名。

我签完名，把书还给她，并抬头看了她一眼。

她凝视着我，冲我笑了："你不认识我了吧？"

"您是？"我想了半天，还是没想起来她是谁。

这位老人感慨道："这么多年，你早就把我忘了。我姓刘，还记得你小时候，在你大爷家的情景吗？"

我惊诧地叫起来："是您，刘老师！"

我的眼前蓦然浮现出那个梳着大辫子的漂亮女老师。

"啊，一晃儿四十多年了，想不到你成为名作家了！"刘老师感叹道。

我也想不到会在这种场合与她重逢。原来，我离开大爷家回北京后，她也离开了那所小学，到县城的一所中学教语文，直到退休。

她曾经跟我大爷大奶奶打听过我，还给我写过一封信，但不知道什么原因，我一直没收到。

后来，她调到县城，我大爷大奶奶也相继去世，她便跟我失去了联系。不过，她一直没忘我用字典认字的事儿。

当然，我也不会忘记这位善良的大辫子老师，更不会忘记她送给我的那本字典。可惜，那本字典早已让我用破，后来找不到了。

刘秀梅老师告诉我，在我回北京的几年后，她结了婚，有一个儿子两个女儿。二女儿功课非常好，考上了北京大学，后来又留学美国，前两年，学成归来，在北京的一家外资企业当雇员，结了婚，买了房子，有了小孩。

她和老伴来北京照顾女儿，在报上看到了我出书的消息，特意过来看我。

我们聊了半天，临分手时，她说："看到你今天的出息，真让我高兴。"

"刘老师，还是您给了我读书认字的'拐棍'呢。"我紧紧握住她的手说。

"你还记得那本字典？"她激动地说。

我感慨万分地说："您让我交了一个好朋友——《新华字典》。是这本字典让我走上了文学道路呀！"

老爸
妈
活着就是成功
老爸用自己的生命年教告诉人们
什么最美好
俩字
活着！
時在戊戌年深秋月吉日马海方作於京華
馬

老爸老妈

一

“活着就是成功。”这是我们家老爷子最爱念叨的一句话。这句话，让我咂摸了二十多年，到现在，我刚刚咂摸出点味儿来。

是呀，二十多年前，他说这话时，才七十多岁。那当儿，他的大学同学，已经在国内美术界扬名立万的几个人画家还健在。

老爸跟吴冠中是同窗，是一九四五年在杭州国立艺术专科学校毕业的，至今，我还收藏着他那盖着校长潘天寿大印的毕业证书。

二十年后呢，这些名家已经先后离世，老爸却依然活着，而且每天不耽误吃，不耽误喝，活得有滋有味儿，享受着活着的快乐。

尽管，跟那些出了名的老同学相比，老爸默默无闻，啥也不是，就是一草根儿，但他还活着。

“活着就是成功。”老爸似乎在用自己的生命年轮，告诉人们：世界上什么最美好？俩字：活着！

是呀，老爸是属蛇的，一九一七年出生，您算算，到这会儿，该是什么岁数啦？

二

北京人管父亲叫老爷子，现在的年轻人喜欢叫老爸，但北京人规矩大，礼数多，老爷子并不是随便叫的，比如家里头您爷爷还在，您就不能管您父亲叫老爷子。所以，老爷子带有顶门立户、一家之主的含义。

我称老爸为老爷子，只是十多年前的事儿，在此之前，我们家户口簿上的户主，一直是老妈的名字。

老爸早在我六岁的时候，就在家里的户口簿上消失了，老妈自然成了顶门立户的一家之主。

我们家老爷子是一九五八年被打成“右派”的，两年以后被判的刑，发配到东北。那年，我六岁，妹妹两岁。

老爸没出事儿之前，在大学教美术，即便老妈不上班，四口人靠老爸的工资，在当时也属衣食无忧的殷实之家，小日子过得蛮滋润。老爸出了事儿，这个家等于一下塌了。

家是塌了，人还得活着。没辙，老妈带着我和妹妹回到了姥爷家。当时正是“三年困难时期”，吃的穿的用的十分紧缺，老妈又没正式工作，怎么养活我和我妹妹成了问题。

我有时琢磨："活着"，俩字好写，不好过呀！但中国人似乎想得开，还有一句话等着呢：好死不如赖活着。

好活着不易，那咱就赖活着吧。老妈是个要强的女人。为了把自己的两个孩子带大，她当过建筑工地的小工，当过保姆，当过幼儿园阿姨，当过小学校的勤杂工。

这些苦脏累的活儿，对老妈来说，简直是脱胎换骨的磨砺。

要知道，姥爷是前清秀才，在老家是有几套院子、几十间房、几十顷地的地主，到北京后，又买了一套两进的四合院，家底厚实，专心藏书，是京城有名的藏书家。

老妈哥儿仨，就她一个女孩儿，在家里正经是金枝玉叶，有老妈子侍候着的千金小姐。

想不到，命运使然，衣来伸手饭来张口的千金小姐，成了侍候人的老妈子。说起来，这一切苦呀，难呀，其实都是为了我和我妹妹。

三

老妈比老爸小十多岁。老爸属蛇，老妈属虎。他俩结婚之前，算命先生说：俩人"八字"不合，龙虎相斗，犯相。

媒人为了促成这门婚事，巧舌如簧两边说，特意让我爸瞒了一岁，变成了属马的。可饶是这样，也没改变他俩"犯相"

的命运。

老爸发配到东北之前，跟老妈商量：他已然成“右派”了，这辈子可能就交待在北大荒了，但不论怎么样，别让两个孩子受影响，于是俩人商量着办了离婚手续。

其实，他们也是想得太天真，在那个一切以出身论长短的年代，离婚也抹不掉父子关系。我后来在工作分配、入团入党、上大学等裉节儿的时候，受“右派”父亲的影响大了。

离了婚，老妈成了自由身。那当儿，她才三十出头，长得又漂亮，劝她改嫁、给她说亲的人接连不断，快踏破门槛儿了。

有些亲戚朋友也是善意，瞅她寡妇失业的带着俩孩子，生活太艰难了。但老妈生怕找主儿嫁人后，我和我妹妹受委屈，甭管别人怎么劝，死活不动心。

有一次，说媒的给老妈介绍了一个国家机关干部，那人的发妻染病去世，留下两个孩子，对老妈一见钟情。

本来已被老妈一口回绝，但他还有点儿死乞白赖，二次登门，被老妈给轰了出去。

那人走后，老妈像是受了奇耻大辱，抱着我和我妹痛哭了一场。

若干年以后，那人当了国务院某个部的领导，照片还上了报纸。媒人拿着那张报纸，找老妈说：“是不是得吃后悔药？”

老妈付之一笑：“他是他，我是我。我从来不羡慕荣华富贵。靠自己受苦受累，忍辱负重，把两个孩子拉扯大，我这辈子没什么可后悔的。”

老妈带着我和我妹，生活这么不容易，老爸不是不知道，也不是不牵挂，但他当时的处境，自顾不暇，哪有能力顾及我们娘儿仨？

其实，这一点，老妈也能体会到。因为，我小的时候，很少能听见老妈抱怨老爸。

有时我想，是不是因为他们已经离婚的缘故，但细想也不完全是，老妈千难万难，一直没改嫁，似乎证明她心里还有老爸，而且还能理解老爸。

四

老爸毕竟比老妈大十多岁，而且他比老妈有学问，他好像能把住老妈的脉，对老妈的忠贞不渝一直非常自信。

跟老妈一样，他也一直没再婚，不能说守身如玉，也得说守心如石吧。

他晚年跟我说过心里话：“这辈子，除了你妈，我没沾过第二个女人。”

他的话，老妈活着的时候，可能不会相信，但根据我对他的了解，他说的是实话。

老爸刑满后，一直想回北京，但老妈不点头，他不敢贸然行动，虽然，我们刘家门儿在北京有许多亲戚。直到我和妹妹都成家单过，老妈才答应老爸回北京看看。

那时，老爸已经“奔七”了，老妈面临着两种选择，一个是她跟老爸破镜重圆，老两口儿安度晚年。当时，我每月给老妈的钱，足够他们过日子的。另一个是老妈跟她二哥一起过。

我的二舅一辈子没结过婚，从天津退休后，一直跟姥姥和老妈生活。姥姥活了一百零四岁，她去世后，二舅一直跟着老妈一起生活。

二舅比老妈大四岁，不到七十，背已经驼得只能靠推着板凳走道儿。

老妈权衡了很长时间，最后还是选择了她二哥。这样，老爸就只好又孤单单地回东北了。

走的时候，我送老爸到火车站，看到他孤独的身影，让我想起朱自清写的《背影》，心里难免有些酸楚。

老爸却心平似水，对我说了一句话，让我终生难忘：“人别跳着脚去够东西。不是你的，你永远得不到。”

老妈真是个心地善良的女性。我常常想，她何尝不想跟老爸在一起，过几年安稳的晚年生活呢？两个人苦苦等了几十年呀！

但跟老爸在一起，肯定会影响她跟二哥的关系。如果她跟老爸一起另过，剩下一个驼背老头儿孤零零的一个人，她又实在于心不忍。

老妈做出这样的决断，实在是忍痛割爱。

五

老妈去世的前两年，放不下心中对老爸的牵挂。

那年冬天，北京连下了几场大雪，天气突然冷起来，老妈想起在东北冰天雪地里孤单生活的老爸，让我写信给他，希望他能回北京过冬。

老爸在北京过了一个“温暖”的冬天。这“温暖”是老妈对他的爱。我看到老爸脸上，有了以前从没见过的笑容。

但好景不长，开春以后，老妈却莫名其妙地对老爸反感起来，时不时对老爸发脾气，对他的一些生活习惯，比如抽烟、吐痰等，也看着不顺眼了。

我揣摩到她对老爸的心烦，跟二舅的存在有一定的关系。但还有一个原因，那就是老爸的平反问题。

老爸被学校打成“右派”，而且还附加“流氓坏分子”等罪名儿，完全是政治迫害。如果照一般人，早在刑满释放的时候，便找原单位要求平反昭雪了。中央关于“右派”问题的平反，也有正式通知。

但老爸觉得罪已然受了，事儿已经过去了，平反不平反无所谓，他不愿给人再找麻烦，所以平反落实政策的事儿，他一直没办。

老妈为此，难免不跟他着急生气，觉得他的脑子太木，不为自己着想，也得为孩子们着想。

老妈考虑的是，他的问题原单位不解决，将来养老和医保，自然会增加我和妹妹的负担。

老爸则一切听天由命，他对现实生活中的一切，都已经淡然了，永远是一种与世无争的淡定自若神态。

他对我说：“我对生活的要求，不是得到什么，而是失去什么。人在获取什么的时候，实际上也在失去什么。何况，我对生活的要求并不高，只要活着。”

那年五月，老爸不得不离开北京，又回到东北他自己的小窝。

他已经八十多了，但身子骨儿还很硬朗，拎着很重的行李，像小伙子似的。

我送老爸到火车站，心里很不是滋味儿，但他却反过来安慰我：“回去吧。人只要把什么事儿都看明白，就不会有烦恼了。走道儿摔个大跟头，头破血流的，倒霉吧？可你想到五脏六腑、脑袋瓜子没碰着，不就觉得万幸了吗？人只要能喘气儿，比什么都重要。”

老爸的话越来越少了，但每句话都耐人寻味。

六

老爸回东北的第二年，老妈查出了结肠癌晚期，从发现到去世，只活了八个多月。老妈跟她活了一百零四岁的老妈相比，算是短寿，她活了整八十岁。

世界上的许多事，让人匪夷所思，老妈比老爸年轻，而且身体一直很好，在查出癌症之前，老妈从来没住过院，也很少到医院看病，再说，她晚年的生活条件，比在东北的老爸要优越多了，但谁能想到老妈会“走”在老爸的前头了呢？

老妈“走”后，三居室一百多平方米的房子，只剩下驼背的二舅了，屋子顿时显得空落落的。

“把老爸接到北京来吧，他一个人在东北忒苦了。”我的两个朋友了解老爸的情况，劝我说。

那年秋天，我和我的朋友开车到东北，把老爸接回了北京。

那时，老爸已经“奔九”了，不过腿脚还利落，耳聪目明，思维也能跟上趟儿。

我第一次看到老爸在东北住了三四十年的小巢。那是一间十多平方米的小屋，他的全部家当，只有两个老式的皮箱还值点儿钱，剩下的就是破桌子烂凳子和锅碗瓢盆了。

老爸知道我们开车来接他，将不会再回来了，便把自己的衣服被褥、锅碗瓢盆什么的，以及那两个皮箱都送了人。他真是干净利落地回到了北京。

按老北京的规矩，这会儿管老爸叫老爷子，是应当应分的了。但在我们家的户口簿上，他并不是户主。因为老爸到现在连北京的户口都没有。

我和夫人曾想给老爸办户口，因为有北京户口的八十岁以上老人，能享受好多生活待遇，何况他马上就九十岁了。但办回京户口挺麻烦，需要出具当年他和老妈的离婚证。已经快六十年了，而且老妈都死了，上哪儿找离婚证去？

老爸听说办北京户口这么麻烦，坚决不让我们办了。他说："算了吧，我都快一百岁了，要那玩意儿有什么用？"

没辙，老爸就是这么一个得过且过、随遇而安的人。其实，他不明白，有没有北京户口，看病就医大不一样。好在老天爷照顾他，他回北京后，一直没闹什么大病。

二〇一四年的年初，老爸持续几天发高烧，咳嗽带喘，我带他来到一家三甲医院，大夫一查，确诊是心衰，坚持要他住院。

一听说住院，老爸急了，活九十多岁，他还没住过院。我感觉他的病没那么严重，就回到社区，在一家小医院，接着给他看。

赶上一个热心的老大夫，看了老爸的化验单，说不像心衰，让他照X光片，一查是肺炎，输了两天液，什么事儿没有了。

我看了看他验血的血项，好多指标，比我都好。那年，老爸可是九十七岁了！

七

毫无疑问，老爸算是长寿之人。许多朋友问他的长寿秘诀。

老爸听了，沉吟一笑说："我有什么长寿秘诀？其实，我早就活腻了，我老是自己跟自己说，我怎么老不死呀？”

可能是老爸这辈子吃的苦受的罪太多了，空怀艺技，却无所作为，老天爷同情他，有意让他增寿吧？

老爸真的没有什么长寿秘诀，晚年，他基本不运动，也不懂什么养生，平时就是家常便饭，以素为主，偶尔吃顿肉菜。

九十五岁以前，老爸又抽烟又喝酒。没有多少钱，抽的都是劣质烟，喝的也是低档酒，后来烟酒都戒了。他说：“抽了一辈子烟，喝了一辈子酒，实在是抽不动、喝不动了。”

七十岁的时候，老爸把自己的画箱，给了他的一个侄子。这个侄子是个画家。从那以后，他就再也不画画儿了。

年轻的时候，老爸很爱运动，游泳、滑冰、跑步、拉个二胡什么的，老了以后，这些爱好都丢了。

老爸回北京的时候，没有人告诉他老妈已经去世，家里人约定好，跟他说，老妈到我妹家住去了。

很长时间，老爸都信以为真。想老妈的时候，就看看她的照片儿。

有一次，我悄然进了老爸住的房间，见他一边擦着镜框，一边看着镜框里老妈的照片儿，在抽泣着喃喃自语。

我忍不住一阵心酸凄楚：难道他真的不知道已经跟老妈天各一方了吗？

逢年过节，家人聚会的时候，老爸总要问老妈怎么不来？人们便告诉他，老妈岁数大了，腿脚不利落，明年再说吧。

明年？一晃儿，七八个明年过去了，老爸还在等老妈。依然在逢年过节聚会的时候问老妈。

凭我的直觉，老爸早就知道老妈不在了。他问老妈来不来，只是他冥冥之中的一个念想，一种期望。

所以，有时我想，老爸的那句“活着就是成功”，不是为了自己，而是为了老妈。为了他们六十多年的爱情。

老爸在人间等着老妈，而老妈却在另一个世界等着老爸。

在老妈的墓碑上，已经刻上了老爸的名字。

“活着就是成功。”难道这是老爸的爱情故事？

老爸老妈
有时我想老爸老妈活着就是成功
成功不是为自己而是为了老爸老妈为了他们六十多年的爱情
时在戊戌年深秋吉日良辰马海方画于京华南城陶然亭畔之然斋

百年姥姥
姥姥一生没做过亏心的事
她曾对我说：
好人终有好
报，作恶的人
早晚
要有
报应。
人在做，天在看，老天爷
不会闭眼的。
戊戌年深秋月马海方作

百年姥姥

一

夜晚，“爬格子”累了的时候，我直直腰，点着一支烟，推开窗子，望着天幕上闪光的星星，这时，我的耳畔就会想起姥姥的声音：睡吧，明天还要上学呢。鸡蛋给你卧好了，吃去吧。吃喽，就睡，嗯……

姥姥的声音是那么安详、平缓，使我因某一个思考中的问题难以解扣而陷入焦躁烦恼的心顿时平静下来。

姥姥做的卧鸡蛋也是那么鲜嫩，清汤里卧着两枚“白果”[①]，点缀着香菜和虾皮，汤上漂浮着香油的油星儿……

午夜，饥肠辘辘，吃上这碗“白果汤”，那是一种什么滋味儿呀！

然而，我再也吃不着姥姥做的美味的“白果汤”了。

姥姥早已经离开人世，到极乐世界去享受生命的另一个“轮回”了。

① 白果——鸡蛋。

姥姥在人世间享受的是“天年”，她活了一百零四岁。她一生平平淡淡，只露过一次脸，就是因为这岁数。

那是一九九〇年十二月十四日，姥姥的名字上了《北京日报》，她是北京市第四次人口普查中，四十多位百岁以上老人之一。

二

我常常想，以姥姥经历的那些坎儿，恨不能被扒下一层皮去，但她咬着牙，牙掉了咽在肚子里，愣扛了过去，也许就是要熬到这一“轮回”吧？

姥姥一直认为人的生命“轮回”，以百年为一周期。这倒符合老北京人把死说成“百年”的叫法，因为老北京人认为人生在世，以“百年”为限，活到百岁是您修来的福分，活不到说明您没这福气。

北京人礼大，没这福气也说“百年”，所以结婚时有“百年好合”这样的敬语。当然，您理解了“百年”的意思，在生活中，也就别乱用了，特别是祝寿的时候，用“百年”这个词儿，等于妨人家早死。

姥姥迷信，像所有从那个时代走过来的老人一样，她的迷信带有民俗文化色彩。

她不知释迦牟尼是什么人，更不懂耶稣。至于道教的“八仙”，也只是从古装戏里才认识的。

她信佛、不懂佛；信神，又不知神。每逢春节，她要祭奠逝去的先人，桌子上摆上几个牌位，放上几个碗，几双筷子，摆上点心和水果，有时也烧几炷香。当然，家里包的饺子，炒的菜，她也不忘“照顾”一下这些先人，放在小碟里，摆在桌上。

“二月二龙抬头”，她要我们这些孩子早早起床，然后在枕头上磕几下头，说这样做一年可以免灾。

五月初五“端午节”，她总要用红纸画些小葫芦儿贴在床头。头伏必吃饺子，二伏必吃面，三伏也不忘吃烙饼摊鸡蛋。

八月十五“中秋节”，她忘不了要买几个兔儿爷。她是河北人，二十世纪四十年代，就随姥爷进北京定居。但是她一直保持着河北老家的某些风俗。

这些风俗糅进了一些荒诞可又挺有生活趣味的迷信。比如关于做梦的种种解释，日常生活的种种忌讳。

在种种忌讳里，她最怕照相。她说照相就是勾魂，所以她活了一百多岁，几乎没留下照片。

照姥姥的解释，她的“大限”临近，与她照的那张百岁老人相有关。

她的名字上报纸的时候，已经下不来床了。当然，她并不关心自己的名字上不上报纸。

可是，有一天，来了几个报社的记者，说是要给她拍几张照片。百岁老人嘛，当时全北京城才四十多位，物以稀为贵。

她居然成了新闻人物。

老太太虽然下不来床，心里倒不糊涂。听说人家是来给她拍照，她连连摆手说："我不去，我不去！"说什么也不让记者手里的照相机对着她。

拍照的记者有些犯难，他们更不明白姥姥嘴里说的"不去"是什么意思，因为只是照张相，谁也没让她到哪儿去。

当时，在一旁的二舅把姥姥说的这句话，转述给我时，我也没弄明白。

直到姥姥去世，我才弄明白，她说的"不去"是对人生的一种留恋。拍照是勾魂，魂勾走了，不等于去另一个世界报到了吗？所以，她说"不想去"！

不管怎么折腾，记者还是把她的形象给拍走了，这几张图片成了她留给后人的遗照。

有关照相勾魂的迷信，来自照相术刚传入中国时的华北农村。这种迷信随着社会的进步，早已破除，为什么姥姥到死还信这个呢？

照我看来，姥姥比她同龄的老太太们思想更解放一些。直到有一天，母亲给我讲起了姥姥的一段故事，我才了解她惧怕照相，并不完全是出于迷信。

三

照过相以后，姥姥吃饭不香了。在此之前，她是很贪吃的，她爱吃饺子，一次能吃二十多个。

这可是自己家里包的饺子，五个总有一两吧？一个百岁老人，每顿能吃四两饺子，饭量可谓惊人。

照过相的姥姥，真像是自己的魂被“勾走”，整天神情恍惚，嘴里不时地絮叨着什么。这些妄语，人们很难听懂。

“匣子，把那个匣子给我。”她空洞地挥着那双细瘦得像竹节似的手。

母亲晓得她是要什么，没有照她的吩咐去办，却给她端来一小碗醋。

她睁开混浊的眼睛，嗅到醋的酸味，泛出微微的亮光，颤颤巍巍地用手攥住碗，一点一点地吮吸下去。

姥姥喝醋，像是喝水。我看着都觉得酸牙。

曾有许多同事和朋友问我，姥姥如此长寿的秘诀。说老实话，姥姥的晚年，并不像一般老太太那样活得滋润。

她住在很狭促的小屋，阴暗潮湿，那本来是一间厂房，终日不见阳光。我的舅舅和母亲也不是什么达官显贵，没有宽裕的经济条件，不可能让老人家享什么福。

她每天吃的就是粗茶淡饭，主食不过是馒头、烙饼、面条、米饭；菜呢，白菜、萝卜、豆角、柿子椒等是餐桌上的主角，姥姥几乎没尝过营养补品的滋味儿。她能活得这么长久，实在是令人难以想象。

胡同里，跟她年龄相仿的那一茬人，早在二十年前就先后“走”没了，即使是比她晚一茬儿的人，能活到八十岁已经不易了。她却活得那么踏实，那么坦然。我想不出这里的秘诀。

她七十多岁的时候，见了我，让我给她一根烟抽。

“您要烟干吗？”我纳着闷问道。

“抽呀！”

“什么，您要抽烟？”

“嗯，我想抽着玩儿。”姥姥十分平静地对我说。

我从烟盒里抽出一支烟，递给她。

那时的卷烟还没有过滤嘴儿，她点着火柴，把烟点上，使劲儿抽了一口。

烟气在她的嘴里转了一圈儿，她吐出来，轻轻地咳了咳，望着袅袅升腾并很快弥漫的青烟，脸上浮现出迷离的耐人寻味的微笑。沉了片刻，她咂了咂嘴，对我说：“这烟真有意思。”

她觉得烟味很香，从此学会了抽烟。她抽不起带过滤嘴的烟，让我给她买了个小烟袋锅儿和烟叶。

她把烟叶或不带过滤嘴的劣质烟揉碎，捻进烟锅里，吧唧吧唧地吸着，望着淡淡的烟雾，她的布满皱纹的脸上，漾起一缕疏朗的微笑。

她八十多岁，学会了喝酒，先是喝一小盅儿甜甜的葡萄酒，后来，烈性的白酒也能喝下两小盅。

自从她学会喝酒以后，我经常跟她一起对酌。她喝酒，属于小口抿着的那种渗酒，酒杯在嘴唇轻轻蘸那么一下，然后用舌头舔舔，再闭上眼睛，像是深深地回味。一小杯酒，她坐在那儿，能喝上个把小时。

喝过酒，她那干瘪得已经嘬了腮的脸，会泛起一抹红晕。有一次，她喝着酒，咂摸着酒的烈味，眼睛睁大，像个小孩似的充满稚气地问："酒真能消愁解闷？"

"您说呢？"我逗她说。

"能！何以解忧，唯有杜康嘛。"她把酒杯举起来，凝视着杯子里的酒，喃喃道。

姥姥没上过学，八十多岁的时候，突然想认字，她买了几本方格本，让我教她写字。我从"土、石、口、天、日"开始教她，她一天认五六个字，并且一笔一笔地练，一年以后，居然能认下几百字了。

两年以后，她让我给她买《红楼梦》。我诧异地问她："您看得懂吗？"

"怎么看不懂？我都认识那么多字了。"她颇为自信地说。

我给她买了一套人民文学出版社出版的三卷本的《红楼梦》。姥姥一边让我教她认字，一边看《红楼梦》，不懂的字和词，她都写下来，见到我时问我。五年下来，她竟然能把

《红楼梦》的上卷读下来。

有意思的是，《红楼梦》的上卷她看了二十多年，直到她去世，这本书已经让她翻烂了。

人到暮年，心境是很孤独的。我理解姥姥的这种寂寞难耐。

平时我们都忙，院里的人也上班的上班，上学的上学，只留下她一个人，在空寂的院子里，守着那间小屋，她连找个人说句话都难。

有时，碰上收废品的外地人，她佯作有废品要卖，把人家叫到小屋，又张罗给人家沏茶，又忙着给人家上烟，弄得人家浑身上下不自然，她却坦然自若，问人家是哪儿的人，家里有几个孩子，媳妇疼不疼他？聊起来没完没了。

最后，人家问她有什么废品？她才想起来，是因为这个茬儿，把人家请到家的。

为了不折面儿，姥姥会把母亲刚给她买的衣服，甚至家里用的钢种锅拿出来，当“废品”卖了。

姥姥所做的这些，没别的，两个字：解闷儿！她实在是闷得慌！

四

九十多岁的姥姥，实在太需要有个人经常坐在身边，跟她谈谈往事，聊聊天了。

尽管烟和酒，能暂时缓解一下她心中无尽的怅惘，但这些刺激神经的东西，终究对身体无益。

姥姥到接近百岁的时候，经常念叨："我怎么还活着呢？我怎么成了老不死的了？"

"老不死"是北京人骂人的一句话，到了姥姥嘴里却另有含义。

生活中的事儿，有时实在让人费解，越是想出名儿的人，不管怎么折腾，也出不了名儿。同样，越是想长寿，想一辈子不得病的人，反倒越有病，越比别人寿数短。

反之也一样。拿我姥姥来说，她压根儿就没想到自己能长寿，地起根儿就觉得自己的身子骨儿能活过七十就烧高香，但老天爷却一直眷顾着她，让她在人间多跟我们在一起待些年。

姥姥为什么能活到一百零四岁呢？我回忆起姥姥的日常生活起居，一点一点儿地想，终于记起来，姥姥最大的嗜好是喝醋。这也许是她延年益寿的一个方法吧？

姥姥是河北人，为什么会染上山西人爱喝醋的饮食习惯？我有些不明白。

姥姥对醋的偏爱，已经到了令人咂舌的地步，吃饺子、面条要放醋，喝粥、吃烙饼也要在咸菜里放些醋，有时醋瘾上来，白嘴也要喝两口。

她九十岁以后，我和妹妹都工作了，家境好起来，每个礼拜去看她，常要带些山楂片、红果酱、果丹皮之类的"零嘴儿”。

她见了这些异常兴奋，忍不住当着我们的面儿，就打开包装，拿起一块果丹皮或山楂片，放到嘴里，不停地嚅动着。

姥姥的这些“零嘴儿”吃得很快，吃完了，她又要找醋瓶子，看她喝醋的神态，我总要酸溜溜地捂腮帮子，可她却像品茗。

更奇怪的是，她的牙床，并没有因吃了那么多的酸物而过早地脱落。说来蹊跷，姥姥近百岁的时候，居然牙床子上，冒出两颗光洁如玉的新牙!

在我的记忆里，姥姥从来没得过大病。她的一生十分坎坷，气儿不顺的时候，她就喝上几口醋，像贪杯的人用酒浇愁一样。

喝几口醋，酸溜溜儿的，她来了精气神儿。

她的一生与医院无缘，偶尔有个头疼脑热的，多喝几碗白开水，多喝几口醋就没事儿了。

她九十五岁那年冬天，中了煤气，躺在床上失去了知觉，母亲慌了手脚，要给她准备后事。这时，她突然睁开了眼睛，对母亲说，要见我一面。

我母亲赶紧给我打电话，带着哭音儿对我说：“你姥姥不行了。”

“真的？”我吃了一惊。撂下电话，我骑车赶到了姥姥家，只见姥姥平躺在床板上，面色苍白，闭着眼睛。

这又是姥姥家乡的风俗，老人不能死在炕上，在老人临咽气之前，要把家里的门板卸下来，让老人躺在上面。农村的房子有门板，北京的住家上哪儿找门板去？我舅舅想到了床板。

看到姥姥躺在床板上，我以为老人家已经真不行了，赶紧猫腰去摸她的脉，发现脉还在跳动，身上也有热乎气。

“赶紧上医院吧！”我对母亲说。

“这不是等着你来吗？她说一定要先见你！”母亲对我说。

我明白了姥姥的意思，不由分说，把她从床板上扶起来，背上她，奔了离家不远的邮电医院。

姥姥晚年吃得多，但身体很瘦，体重不到一百斤，我背着她并不感到吃力。

到了医院，大夫见这么大岁数的人昏迷不醒，也以为真不行了，可拿听诊器一听心脏，跳动正常，再一量血压，居然也很正常。做心电图吧，脉搏跳动比年轻人还有力，心跳的频率每分钟八十四下。

大夫笑道：“我的心脏还不如她呢！”

“那……”我依然有些不放心，问道，“您再看看，她有没有别的毛病？”

“干吗？非让我给她找出点儿病来，是不是？”

“不是那意思，她不是快一百岁了吗？”

“噢，你是说到了她这岁数，就应该有点什么毛病是吧？”大夫笑了。

“照您这么说，她没毛病是吗？”

“反正我是看不出来她有什么病。就是中了点儿煤气，用医学术语是一氧化碳中毒，你刚才背着她来医院，这一路让风这么一吹，她吸了很多空气里的二氧化碳，现在已经没事儿了。”

“还要不要给她吃点儿什么药呢？”

“不用了。身体没病没灾的，吃什么药呀？”大夫和颜悦色地对我说。

这时，姥姥睁开了眼睛，喃喃自语：“这是在哪儿呀？有馄饨吗？我想吃碗馄饨。”

母亲在旁边扑哧笑了，俯身对她说：“娘，回家吧，回家我给您包馄饨去。”

姥姥在医院只待了半个小时，大夫便把她“打发”回家了。唉，她这辈子跟医院真是没缘。

第二天一早，我正躺在床上睡回笼觉，姥姥却拐着拐棍，扤着那双小脚儿，到胡同口的小吃店，把早点给我买来，放在了桌上。

您说这九十多的老太太，服不服她吧？

五

秋天，全家人到餐厅吃了顿“寿宴”，给姥姥过百岁生日。那天，姥姥显得异常兴奋，还喝了两小杯干红葡萄酒。

餐厅经理知道给百岁老人过生日，还特地赠送了一个大蛋糕，要不是姥姥拦着，她们还要跟“老寿星”合影留念。

过了百岁，姥姥好像迅速衰老了，脸上的暮色愈加浓重，她的眼睛已经深陷下去，皮肤完全松弛了，好像皮包住骨头，脸上的颧骨凸出来，而且生出了许多黑色的老年斑，嘴唇也失去了血色，如果闭上眼，好像已停止了呼吸。夜深人静的时候，我守着她，头上的毛发会因为她的一个细小动作而竖起来。

我摸着她细瘦的胳膊，很困难地找她的脉搏，找到以后，我开始数数，夜很宁静，只能听到钟表的嘀嗒声。

我数着她脉搏跳动的次数，看着她的鼻孔发出缓慢的呼吸，鼻翼微微动着，心里不禁产生一种悲怆的情感。

姥姥的人生走了整整一个世纪，她的生命载体里，到底留下了多少历史的印迹，只有她自己晓得。她对生命的渴望，已经随着岁月的无情递进，变得越来越渺茫了。

那么她一生追求的是什么呢？她不是革命者，不是政治家；她不是经营者，不是企业家；她没多少文化，她也没什么财产，她不过是千千万万个普通百姓中的一个。

她如果死了，会给历史留下什么痕迹吗？我望着她衰老的面容，默默地想着……

我是她的隔辈人，我的成长注入过她的爱心，也许在她的遗体化作一缕青烟，留下一把灰以后，在我今后漫长的生命历程里，我还会记得并缅怀这位老人，但是我的儿子能记住她吗？尽管她见过我的儿子。她走进另一个世界时，我的儿子已经上学了。

如果我的儿子长大以后，尚能对儿时留在记忆里的这位老人，有些微模糊的印象的话，那么他的儿子，是绝对不知道人世间曾经有这么一位活了一百多岁的老人的，这是毫无疑问的。

一百年，不过是人类历史长河中的一瞬。在这一瞬间，有多少普普通通的人，自生自灭呢？

我那时，还自觉年壮，自以为还不到考虑生与死这一每个人都必须回答的问题的时候。然而，我从姥姥临终前的这种冥冥精神状态里，体味到人生许多难以名状、不可深思的况味。

我记得在我很小的时候，姥姥给我讲过一个故事：

古时候，有一个失目者去拜访一位朋友，告别的时候，天色已黑。朋友拿出一只灯笼，让他照着亮回家。

失目者连忙摆手说："你不是在跟我开玩笑吗？我的眼睛什么也看不见，灯笼对我有什么用呢？"

他的朋友说："我知道你不需要灯笼，但是，这大黑天，如果你不提灯笼，别人要是把你撞倒了呢？所以你还是提上它为好。"

失目者听了这位朋友的话，提着灯笼上路了。可是没走多远，却被迎面来的人撞倒了。

失目者非常生气，对撞倒他的人嚷道："你是怎么走路的，难道你没看见我手里提着灯笼吗？你为什么还往我身上撞！”

那个人一听笑了，说：“您手里是提着灯笼，可是您的灯笼早就熄灭了，哪儿还有亮呀！”

姥姥讲这个故事时的样子很随意。那时的我，也很难理解这故事的寓意。我只是痴痴地笑那失目者的愚蠢。

今天再回味这个故事，我才蓦然觉得它里面蕴含着深刻的哲理：人如果有一双好眼睛，比明亮的灯笼重要。而心灵的眼睛，比长在脸上的眼睛更重要。假如一个人有好眼睛和好的灯笼，心地却糊涂，也不能看清人世间的一切。

禅家认为：如是居碍反通，求通反碍。而今世俗为学之人，每不先居于碍，则障碍至时，不能排遣，使至上大道由兹迷失，可不惜哉！凡是修行的人，都追求一种“平常心”，所谓平常心，就是无悟无迷，无圣无凡，无施无受的境界，它对一切苦难、横逆、委屈淡然处之，甚至超越它、解脱它。

这也许正是姥姥晚年的一种心境，如果没有这种“平常心”，也许就像她讲的故事里的失目者，提着灯笼走路，并不能照亮前面的道路，甚至连灯笼熄灭了都不会知道。

姥姥不懂禅，但是她以自己的百年阅历，悟到了禅。

姥姥很相信佛家的“转世”说。在她自知不久就要结束人生“轮回”时，曾对我用迟缓的语气喃喃道：“我一生没做过对不住别人的事，下辈子不会托生个畜类吧，但也不要托生个女人。当女人太累了。”

我听了她的这些偈语觉得可笑。我不懂这些“形而上”的东西，更不信人死了会“转世”，只是默默地点点头。

假如人生真的能“转世”，我想姥姥会得到好报的，因为她活在人世这一百多年，没做过什么坏事，她的确是有“平常心”的好人，只不过她活得太累、太苦了。

六

在我的记忆里，姥姥总是处于很卑微的地位，尽管她扮演着极普通的妇女角色，但是命运带给了她的，是比常人更多的苦难。

她出身于一个并不富裕的中农家庭，她有三个姐妹，八个兄弟。她曾对我说，这十一个兄弟姐妹出自于同父异母。他父亲先后娶过两个老婆。

她的这些兄弟姐妹的命运，似乎都比她要好，有的参加了革命，后来当了高级干部，有的嫁给了教授，有的……总之他们都没有受过她晚年的苦。上天好像有意要考验她，她比这些兄弟姐妹活的时间都长。

姥姥对我说过，她的父母不该把她嫁给我的姥爷，但她说这话时，完全是出于一种无奈，抑或是对这种命运安排的听任。

因为她自从不到二十岁，嫁给我姥爷以后，就没过上几天安稳的日子。如果按她的年龄推算，从她记事起，中国大地一直处于动荡不安之中。

我的姥爷出身于一个官僚地主家庭，据我姥姥回忆，我姥爷的爷爷的父亲当过巡抚。巡抚，相当于现在的省长，那可是很大的官儿了。

但是到我姥爷的爷爷这辈儿上，家道突然中落了，据说是吃了朝廷一个大案的瓜落儿，被削职发配到了新疆。我姥爷是家中的独子，成年以后，继承了祖上传下来的产业，虽说算不上大地主，但这些祖产在当地，也是显赫十里八村的。

七十多间房，十多顷地，按说经营得法，发财有术，完全可以成为一个大地主。但谢天谢地他没成为大地主，否则的话，在后来的“土改”中，他的脑袋可能早就搬家了。

我姥爷天生不是有经营头脑的财主，他的一生最大嗜好是读书，尽管读了一辈子书，最后只落下个清末秀才的虚名。

到我姥爷成年的时候，科举已经废除，他不可能在书本上，谋取什么功名，于是便一头扎进故纸堆中，两耳不闻窗外事。娶了我姥姥，等于家中多了一个劳动力，也多了一个真正的顶梁柱。

在那个封建宗法观念极强的破落家族里，姥姥上受公公婆婆的气，下受丈夫的气，那种滋味儿可想而知。我姥爷大概是村里闹“土改”时，带着姥姥从老家来到北京的。

河北省是早期的红色革命根据地，二十世纪二十年代，我姥爷的家乡，就发生过“高蠡暴动”，革命的主要对象就是地主老财。我估计那时，姥爷家就已经风声鹤唳了。据说，他们家的房子和地都在“土改”时归了农会。

我搞不清他们举家到北京，是姥爷的主意，还是姥姥的主意。不过从他们到北京以后的生活状况判断，姥爷是没有这个胆识和魄力的。因为把一家子人带到北京谋生并不容易。在老家时，姥爷家是靠那十多顷地的租子来维持生计的。当时家里，也有伺候人的老妈子和下地干活的长工。

到北京以后，他这个土秀才已经没了“根基”。他的全部家底只有那几箱子古书以及一些能拿得动的细软。手头上的几件首饰，到北京后，买了后来住的两进的四合院。

姥爷是四肢不勤、五谷不分的少爷秧子。是的，他只晓得“四书”“五经”。他连出门到学堂去教书的能力也没有。

到北京后，全凭姥姥给人看小孩儿和在街道上干点事儿，来养家糊口。姥爷把学问都装进了自己的肚子，却一点儿也吐不出来。说起来匪夷所思，姥爷有一手绝活，他能两只手同时织两件毛衣。

织毛衣是那个年代女人干的活儿，姥爷竟有这本事，谁见了都瞠目，但这本事可养不了家，维持一家人的生计，还得靠姥姥。

我从六岁到十岁这四年，是跟姥爷和姥姥一起生活的。在我幼小的童年记忆里，姥爷是个性格极其古怪的孤僻老头儿。他瘦长的身子，无冬历夏，永远是中式的衣褂，长脸寿眉，眼睛不大，却经常凝视着什么，一副若有所思的样子。尖尖的下巴，留着长髯，有点仙风道骨的味道。仙风不敢说，道骨倒是真有几分，老爷子把自己完全封闭在故纸堆里了。

那时，我们一大家子人住着两进的独院，院子不是很大，三合院，北房、南房和西厢房加起来有十多间，外院有个套院，西侧有个小花园，种着枣树、香椿和葡萄，花园的尽头是厕所。

正房的院子较宽阔，有两个花池子，植有几株丁香和一些叫不上名的草花，夏天院墙爬满“爬山虎”，草花和丁香花开后，夜晚散发着淡淡的幽香，这就是姥爷的生活天地。

我很少见他迈出过这个院门，他捋着长长的胡须，终日抱着书本，嘴里振振有词。

他的五间北房，几乎让古书占满，两面墙都是书柜，里面都是线装的古籍。他的藏书之丰厚，让中国书店和北京图书馆的老先生看了都瞠目结舌。

那时我还小，不懂这些古籍的价值。记得有一年，来了两位“北图”的老先生，找姥爷谈收购古籍的事儿，姥爷的藏书中有两套明代的孤本古籍，具体书名我已记不起来。

“北图”的老先生看到这两套古籍，如获至宝，一连找姥爷十几次，非要出高价收购，价钱从两千元升到了四千元。

四千元人民币，这是个惊人的数儿，当时的工人一个月工资，也就是三四十块钱。

姥爷犹豫了两个多月，最后没舍得卖这两套书，姥姥为此跟他别扭了好长时间，但她也只是自己心里别扭，家里的大事还得姥爷做主。

其实，那当儿正是国家三年困难时期，市面儿上商品匮乏，姥爷家的生活也很拮据，这四千块钱对这个家来说，是一笔多大的收入呀！可是姥爷太爱他的藏书了，他何尝不想改善一下生活呢？

谁能想到后来会发生“文革”呢？“文革”让姥爷家遭了难，嗜书如命的姥爷，正因为那些藏书而被抄家，也因为那些古籍被视为“四旧”，被红卫兵打得死去活来，姥姥也陪着他惨遭皮肉之苦。姥爷最后也因为这些书，而命丧黄泉。

七

红卫兵抄姥爷家时，我还是小学五年级学生，但已经懂事了。我记得当时红卫兵抄姥爷家，主要是奔着他的古书去的，因为姥爷的藏书远近闻名，他的藏书，以线装的古籍为主，这些书在当时均被视为“四旧”，自然成了红卫兵的“活靶子”。

姥爷的书柜被红卫兵给砸得稀里哗啦，柜子里的古籍被扔到卡车上，直接送到了造纸厂，足足两卡车呀！

散落的古籍在院子里堆起了小山，红卫兵们点火燃了三天三夜。绝望之中的姥爷望着燃烧的书山升腾起的浓烟，仰天长叹。后来，姥爷昏死在小院的花池里。

姥姥是在扶姥爷的时候，遭到红卫兵“皮带雨”的，那是厚厚的军用皮带。

十几个红卫兵，挥动着手里的皮带，雨点儿一般打在姥姥身上，瞬间，小脚老太太成了“血葫芦”。

姥姥的罪名是“地主婆”，因为姥爷定的阶级成分是地主。那时的中学生是看《白毛女》和《半夜鸡叫》长大的，在他们眼里，所有的地主都是黄世仁和“周扒皮”，所以从小就特别恨地主，因此得知姥爷姥姥是地主和地主婆，便玩命地打。当时，红卫兵打死一个地主或地主婆，如同踩死地上的一只蚂蚁。

其实，姥姥这个地主婆当得十分冤枉。自从嫁给姥爷，她在家里一直伺候婆婆和婆婆奶奶（婆婆的妈），老式家庭规矩多，婆婆脾气大，她成了受气的布袋，几乎没过上一天好日子。

好不容易熬到婆婆和婆婆奶奶前后脚去世，自己能直起点儿腰来，家乡闹“土改”，跟姥爷来到北京后，她一直为一家人的吃喝奔波劳碌，最多时，她一个老太太看三个小孩，这些收入是当时家里的主要生活来源。

与此同时，姥姥还是街道积极分子，我看到过她保留下来的“红十字”徽章、“抗美援朝志愿者”证章等。那时，她已经六十多岁了，一双小脚，走门串户地为街坊四邻张罗事儿，乐此不疲，她也在我们那条胡同，留下了好的口碑。

可是这些好口碑，在“文革”时，由于地主婆的出身，顿时化为乌有，而且成为“阶级敌人”。

红卫兵抄家之后，姥姥带着一身伤痕，被轰回河北老家。面对这些遭遇，她处之泰然，甚至姥爷死的时候，都没掉一滴眼泪。她以为这一切都是命运的安排。

把这些“地富反坏右”轰回老家，劳动改造，是那个动乱年代的一种荒谬，她从老家出来已经几十年，老家已经没有任何亲人了，何况一个七十多岁的老太太，回到老家能干什么呢？

遣返老家劳动改造时，姥姥没有任何怨言，拐着小脚，拄着拐棍一个人坐火车走的，母亲说要送送她，她怕母亲受牵连，一口回绝了。

几个月后的一天夜里，姥姥神奇般地回来了，当她敲开我们的屋门时，母亲愣住了。

那是夜里两点多钟，老太太满手是血，膝盖也磨得血肉模糊。

母亲吃惊地问：“您怎么回来的？”

姥姥十分平静地说：“我是从永定门火车站爬着回来的。”

从永定门火车站爬到西单，这需要多大的毅力呀？更何况姥姥已经七十多岁了！

母亲搀扶起姥姥，不禁失声痛哭。

姥姥却反过来安慰母亲：“人这一辈子要经历许多磨难，这点难不算什么。快给我找点水喝吧。我一天没喝水了。”

母亲给她倒了一杯热水，她咕咚咕咚一口气儿喝了下去。

姥姥从老家回来，便跟我们一起过了。那时，“黑五类”分子每天早晨要扫街，名曰劳动改造。姥姥亦不例外。

姥姥让母亲给她备了一把笤帚，每天，天不亮，她便拄着拐棍去扫街。

扫干净两条胡同，她要到“革命居民委员会”，跟胡同里的“牛鬼蛇神”一起，站在毛主席像前请罪。

年近八十的小脚老太太扫街的样子，现在想来让人心酸。那是怎样的一种劳作呀？

姥姥躬着身子，低着脑袋，一只手拄着拐棍儿，另一只手拿笤帚，一步一步在胡同的地面上扫着。与其说是扫，不如说是蹭。的确，那哪儿是扫地呀？分明是老太太拿着笤帚，“嚓嚓”地一脚一脚往前蹭着地面儿。

每天，天蒙蒙亮，人们便看见这老太太在胡同里扫呀扫呀，仿佛要把这世界所有肮脏的东西都扫净。

一天，天降大雪，天寒地冻，雪花漫天飘舞，大地银装素裹。这样的天气，姥姥还坚持要出门扫雪。

我劝她说：“雪地路滑，摔倒了可不是玩的，我替您扫吧！”

她摇了摇头，对我说：“你替我怎么行？谁的罪，由谁来赎。你以为我每天是在扫街吗？我是在扫罪。我一定前世造了什么孽，不然，老天爷不会这样待我。”

说完，她拿起笤帚，拄着拐棍，晃动着身子出了门。

胡同里的人依稀看到雪地里，那个蹒跚的身影，雪虽然还在下，但在这个身影后面，留下了浅浅的小脚印。很快，这些小脚印，被雪花掩埋了，变成了雪路……

八

姥姥一直非常疼我。记得我小的时候，姥姥只要到合作社买东西，总会给我买点儿零食，或者应时当令的水果。我不在，她也舍不得给别人吃，一定给我留着。

姥姥心善，我小的时候淘气，时不时地出点儿幺蛾子，被母亲教训一顿，姥姥却从来不呵斥我，我做错了什么事儿，她就给我讲故事，循循善诱。

“文革”时，社会比较混乱，姥姥也正处于磨难当中，当时中学大学闹“革命”，小学校也停了课，我们这些小学生便放了羊，整天在街道上瞎混。

有一次，我跟胡同里的几个孩子，到西单去玩，玩到晚上，饥肠辘辘，这时有个孩子问我们：“你们想不想喝牛奶？”

牛奶在当时是高级补品，只有高干和高知，还有特殊人群如孕妇、产妇、患重病的人，才有资格喝牛奶。我们这些胡同孩子哪儿有喝牛奶的奢望？

“牛奶？当然想喝了！”我对他说。

“想喝，你们跟我来。”那个孩子神秘兮兮地对我们说。

“干吗？你是不是想让我们当‘佛爷’？”另外一个孩子问道。

“佛爷”是胡同孩子都会说的黑话，就是小偷的意思。

那会儿，北京人喝奶，要到牛奶公司凭各种证明去订，牛奶是用类似现在罐装可乐粗细的白色瓷瓶装的，上面用特殊的纸蒙上，再用橡皮筋，也叫猴皮筋儿系好。胡同里的女孩跳皮筋，男孩做弹弓子，用的就是这种猴皮筋儿。

订奶的人在院门口，装一小铁盒儿，有的装铁筒儿，送奶工每天傍晚推着车，把瓶装的奶放到盒子里或铁筒里。

但牛奶放在那里，订户不见得马上就取走，当时正在搞“文革”，那些有资格喝奶的人这时正挨整，哪儿顾得上喝奶呀？于是有些订户的奶，放在那里就一时半会儿没人取了。

那个孩子让我们喝奶，实际上就是带我们去“顺”这些奶。说“顺”是好听，实际上就是偷奶。

因为订奶比较难，所以并不是每条胡同都有订奶的。那天晚上，我们几个孩子，一连横扫了西单北大街的十多条胡同，“顺”了十多瓶奶，都让我们当场喝掉，也算解了馋。

有第一次，就有第二次。后来，我和胡同里的几个小哥们儿，经常在那几条胡同“夜袭”。夜里，喝饱了奶，我们哼着歌，快快乐乐，晃晃荡荡地回了家。

说老实话，干这种事，我心里也十分忐忑，因为跟那几个“红五类”出身的孩子不一样，我属于出身有问题的“狗崽子”，万一被人发现，他们可能没事儿，我则不然，肯定会给母亲招事儿，闹不好会挨红卫兵的皮带。

但是，我架不住那些小伙伴儿的撺掇，而且，他们偷奶还偷出了理由，因为那些订奶的大都是有身份的人家。“文革”整的就是这些有身份的人，所以他们当中多数被红卫兵抄了家，有的还被红卫兵“管制”了。

“他们都‘牛鬼蛇神’了，还有资格喝奶？”胡同里的孩子说。

想到这儿，我们这些孩子，觉得偷喝他们订的奶心安理得了。

那时，我特别心疼每天拄棍儿扫街的姥姥，有一次，我把“顺”来的牛奶，悄悄拿回家让姥姥喝。

姥姥见我从口袋里掏出一瓶牛奶，顿时一惊，连忙问道：“这奶，你是从哪儿搞到的？”

我把跟小伙伴儿夜里偷奶的事儿，如实告诉了她。

她听了，脸一下沉了下来，问我这瓶奶是谁家的？我告她具体哪条胡同，大约是哪个院。

姥姥想了想问我，是不是那个两层的小白楼？我点了点头，突然想起姥姥曾经在街道上干过事儿，对这一片儿住户都熟。

“您认识这院的人？”我问她道。

“怎么能不认识呢？”她对我说，不但认识这个院的老住户，连这瓶奶是谁订的她都知道，那是一个有头有脸儿的民主人士，有八十多了。

“他也被抄家了，现在也在挨斗。”姥姥喃喃自语道。

“是呀，我们看见红卫兵打他了。他现在被打得连门都出不了，哪儿还顾得上喝奶呀？我们不拿，那奶也没人动，不也浪费了吗？”我争辩道。

姥姥看着我，一脸严肃地对我说：“那奶没人动，也是人家的。孩子，你知道拿人家的东西是什么吗？是偷呀！偷别人的东西有罪呀，你知道吗？”

“知道，可那老头儿现在已经‘牛鬼蛇神’了，红卫兵抄他家，拿走那么多东西都没事儿，我拿他一瓶奶算什么？”我理直气壮地说。

“这是两码事儿呀孩子！”姥姥激动地说，“还记得你小的时候，我给你讲的故事吗？偷人家一根草，染在身上都是污点呀！记住喽，人家的东西不管值不值钱，也不管有人看见没人看见，都不能动。”

“这我知道。可……”

“可什么？你以为你做的事，没人看见吗？你错了孩子，要知道人在做天在看，老天爷一直在睁着眼睛，看着我们呢！”

“那什么……我错了姥姥。”我一时不知该说什么好，不无羞愧地低下了头。

姥姥拿起那瓶奶，叹了口气，若有所思地说道：“那老先生的身子骨，让红卫兵给折腾得够呛，现在正需要一瓶奶呀！”

她转身对我说：“你知道自己错了就好，但要知错改错。去吧，这瓶奶，你哪儿拿的，还把它放回到哪儿去。”

“什么，让我送回去？”这让我为了难，因为如果我把这瓶奶送回去，就会得罪那些小伙伴儿。我可以今后不跟他们再去偷奶，但绝不能把偷的奶再送回去，胡同里的孩子要是知道我这么做，谁还跟我玩呀？

“姥姥，我不想再送回去。”我咬着嘴唇说。

“为什么？”

“不为什么，就是不能送回去。”

姥姥似乎看出了我的心思，迟疑了一下，对我说：“以后再别跟那些孩子干这种事儿了，知道吗？”

“知道了。”我点了点头。

姥姥让我出去玩了。我以为那瓶奶，在我出门后，被姥姥喝了。

晚上回家，走到胡同口儿，我发现胡同里的一个邻居大叔，用自行车驮着姥姥往家走，我急忙迎了上去。

“怎么了姥姥？”我急切地问。

大叔对我说：“这老太太说是到谁家去送东西，往回走的半道儿上，摔了个跟头，趴地上起不来了。巧劲儿，我今天下班晚，让我碰上了。”

我谢过大叔，问姥姥：“您这是送什么东西呀？”

姥姥看着我怔了怔，半天才从嗓子眼儿蹦出两个字：“牛奶。”

啊！我顿时瞠目结舌。

那以后，我再没跟胡同里的孩子去“顺”奶，但姥姥送奶的事儿，能让我记一辈子。

九

姥姥特别喜欢琢磨吃，而且也会吃，虽然都是家常便饭，但她能做出许多花样儿来。

这些吃食，有的是她自小在河北农村，从长辈那里学的，有的是她来北京后，看别人怎么做，加上一些新的想法，自己琢磨出来的。

我曾经想，假如姥姥是一个专业厨师，她一定够得上烹饪大师，起码在“白案儿”上她有这水平。因为她在吃上，总是不停地“创新”，花样迭出。比如摊饼，她能在不同的铛和锅上，做出很多样儿来，许多是外人从来没见过的。

我印象深的是一年四季姥姥用各种花儿做的蒸糕，春天，她用榆钱儿做榆钱儿糕、柳芽糕；夏天，她用槐花、紫藤花等，做槐花糕、紫藤花糕；立秋以后，她用桂花、玫瑰花、菊花做糕。不知道她都加了什么面和辅料，蒸出来的花糕味美香甜，比外面卖的糕点要新鲜好吃得多。

花糕出锅，姥姥不忘让院里的街坊们尝尝鲜儿，东家送几块，西家送几块，临完，她忙乎半天，自己一嘴没吃上。但她说：“看别人喜欢吃我做的花糕，比我自己吃，心里还高兴。”

街坊四邻对这老太太常常竖大拇指，不是因为她是百岁老人，而是她的好人品。

姥姥一生没做过亏心的事儿，即便是受了再大的委屈，也把它吞到肚子里。

她曾对我说：“孩子，你就记住喽，好人终有好报。作恶的人，早晚要有报应。人在做天在看，老天爷不会闭眼的。”

“人在做天在看。”她常把这句话挂在嘴边儿。

自从姥爷被抄家，姥姥被轰回老家，我们住了几十年的独门独院，也被“充了公”，归了房管所。院里住进了几户“红五类”。“红五类”当然要住正房，我们却被赶到了一间小西屋。

住正房的是工厂的一个小头儿，四十多岁，瘦高个儿，长脸小眼尖下巴，也许是正在工厂搞“阶级斗争”，回到家总是沉着脸，反正，从他搬到这院儿，没见他笑过，就跟谁欠了他多少钱似的。

当然，他也很少跟街坊四邻说话，见了姥姥，他更是扬而不睬，一副不屑一顾的神情。

他有两个孩子，因为比我小几岁，我很少跟这两个孩子一块玩儿。

他的大儿子非常淘气，在院子里经常冒坏，不是捅破谁家的窗户纸（那时胡同里的平房多数是纸糊的窗户），就是在谁家的烟筒里，放只死耗子，弄得邻里不安。

饶是这样，这位工厂的头儿还“护犊子”，谁说他们家的孩子不好，他跟谁急。

那时还没有天然气，北京人平时做饭都用煤炉，夏天，煤炉就放在窗根儿底下，自然，炒菜做饭也在院里。

有一天，姥姥在院里的炉子上熬粥，那位工厂的头儿的大儿子冒坏，趁人不注意，把一块肥皂扔到了锅里。您想那粥还能吃吗?

我从外头玩回来，发现粥里的肥皂，准知道是那工厂小头儿的大儿子犯的坏，一把拉住他，挥拳就要打，被母亲拦住。

母亲知道那个工厂的头儿得罪不起，不但没说那个熊孩子，反倒把我说了一顿。

姥姥在一旁看不下去了，耐着性儿劝说那个孩子：“以后可别做这事儿了，粥是吃的，肥皂是洗衣服的，粥里放了肥皂，还能吃吗？”

这本来是几句非常得体的话，谁知这熊孩子却觉得姥姥说他了，他爸下班回家，他马上告状，诉说委屈。

那个工厂头儿听了火冒三丈，外衣还没来得及脱，便找姥姥算账。

姥姥正在洗锅，准备下米重新熬粥，见他走到自己面前，以为是替儿子来道歉呢，直起腰，刚要解释，却见这位工厂的头儿气急败坏地吼道：“你这个地主婆，想翻天吗？”

“没没……”姥姥的话还没说出来，只见他抡圆了，照着姥姥的脸，啪啪就是两个大嘴巴。

这两个嘴巴打得那叫一个狠，老太太咕咚倒在了地上，差点儿没背过气去。事后，姥姥的脸肿了好几个月。他打完姥姥正要走，身后的大儿子又跑过来，照着姥姥踢了一脚。

欺负人到这份儿上，我实在咽不下这口气，拿着菜刀要找工厂的头儿玩命。那时，我才十二岁，找四十多的汉子玩命，那不是鸡蛋往石头上撞吗？母亲又把我拦住了。

姥姥从地上爬起来，回到屋里，见母亲伤心地掉了泪，她却淡淡地一笑。

她笑得那么坦然，那么淡定。多少年后，我回想起当时的镜头，都觉得不可思议。

“不碍事的！孩子，姥姥没事儿，你不用替我鸣不平。人在做天在看。早晚他会有报应的。”姥姥心平气和地对我说。

几年之后，那个打她的工厂头儿得了胃癌，据说死得非常痛苦。难道真像姥姥说的，这是一种报应吗？

十

又是一个金色的秋天，也许因为秋天是收获的季节，也是北京景色最美的季节，所以姥姥喜欢过秋天。

眼看就要到八月十五了，姥姥老早就张罗让母亲买月饼和兔儿爷。月饼买回来了，兔儿爷那会儿可不好买。

老太太看着圆圆的提浆月饼，轻轻地咬了一口，对母亲说：“你爹临‘走’的时候，想吃块月饼，都没吃着。”

姥爷去世很多年了，姥姥很少提起他，说来也怪了，那几天，姥姥嘴里总念叨他。

突然有一天的下午，姥姥睡醒一觉，想吃酸的东西。母亲给她剥了一个果丹皮，她摇了摇头。母亲又给她切了一块山楂糕，她又摇了摇头。

“您到底想吃什么呀？”

“想吃杏儿。”姥姥嗫嚅道。

“什么？想吃杏儿？”这让母亲犯了难。秋天，上哪儿给她淘换杏儿去？

母亲琢磨了一下，买不到杏，干脆买瓶杏罐头吧。姥姥这岁数，想吃什么，尽量想辙让她吃上，也许吃这一口儿，下次就吃不着了。

母亲转了几家胡同里的副食店，都没有杏罐头，最后，坐了几站公交车，在白塔寺的副食店才买到。“该着老太太有福气！”母亲自忖。

母亲回到家，看到姥姥正歪着脑袋睡觉，她放下杏罐头，给她掖了掖被子，转身干别的去了。

挨到下午四点多钟，母亲觉得姥姥该醒了，便开启了杏罐头，倒在碗里几个，给姥姥端过去。

“娘，杏儿给您买来了，吃吧。”母亲连叫了几声，姥姥没反应。她下意识地一摸身子，不由得倒吸一口凉气，姥姥的身子早已经凉了。

姥姥就这么“走”了，走得那么坦然，走得那么安详，走得那么平静。她没给家人找一点儿麻烦，“可惜”的是，也没给医院做一点儿“贡献”。

北京有规定，家里不能停放人的遗体。我跑到医院借了一辆医用车，和舅舅把姥姥的遗体，送到医院的太平间。

找医生开死亡证明时，医生问我：“老太太是什么病呀？”

“没病。”我回答道。

“没病？怎么会没病呢？”

“是呀，她真没病。”

“没病，怎么开死亡证明呢？”

“那麻烦您，想一个病吧。”

医生琢磨了半天，问我姥姥死前的症状，又查了半天医书，最后想出一个病因：心力衰竭。

整理姥姥的遗物，我在她穿了几十年的棉袄兜里发现了一枚铜钱。铜钱上的年号是“大清光绪”。

姥姥就是光绪年间出生的。她为什么把这枚铜钱藏在棉袄里？这枚铜钱是不是有什么特殊的用意，或者有什么故事？让我疑惑不解，我问母亲，她也不知道。

看来，姥姥的人生还有很多不被人知的故事，难道我们每个人不都一样吗？

后来，这枚铜钱，被母亲放在了姥姥的墓穴里。

一百零四年，整整一个多世纪，从有皇上的帝制，到共产党领导的人民共和国，姥姥见证了多少历史变迁呀！

但她终究是一个普通百姓，一介草民。人生一世，草木一秋。姥姥虽说是草民，但享受了她说的“百年轮回”。

在八宝山殡仪馆，我望着火化场的烟筒，百年姥姥就这样由浓浓的黑烟，幻化成淡淡的白烟，在空中飘散，与空气融为一体了。

从火化场出来，我捧着姥姥的骨灰盒。骨灰盒很轻，盒上只写上了她的名字，而没有照片。想到盒里的姥姥，我的脚步突然变得沉重了。

“人在做天在看。我们都是人世间的匆匆过客！”我的耳畔想起姥姥的声音。

是的，匆匆过客的我们，有谁能像姥姥那样，悟到一个人活着的真谛呢？

图书在版编目（CIP）数据

人五人六 / 刘一达著. — 北京 : 北京十月文艺出
版社，2019.7
ISBN 978-7-5302-1899-0

Ⅰ. ①人… Ⅱ. ①刘… Ⅲ. ①随笔—作品集—中国—
当代 Ⅳ. ① I267

中国版本图书馆 CIP 数据核字（2018）第 275007 号

人五人六
RENWU RENLIU
刘一达 著

出　　版　北京出版集团公司
　　　　　北京十月文艺出版社
地　　址　北京北三环中路 6 号
邮　　编　100120
网　　址　www.bph.com.cn
发　　行　新经典发行有限公司
　　　　　电话（010）68423599
经　　销　新华书店
印　　刷　北京盛通印刷股份有限公司
版　　次　2019 年 7 月第 1 版
　　　　　2019 年 7 月第 1 次印刷
开　　本　880 毫米 ×1230 毫米　1/32
印　　张　10.25
字　　数　185 千字
书　　号　ISBN 978-7-5302-1899-0
定　　价　50.00 元
质量监督电话　010-58572393
如有印装质量问题，由本社负责调换。